ちくま文庫

星か獣になる季節

最果タヒ

筑摩書房

目次

星か獣になる季節

星か獣になる季節

愛野真実さんへ

きみはかわいいだけだ。凡庸で貧弱な精神、友達だけが社会で、ぼくらのことを光のかたまりぐらいにしか見ていない。だからぼくは軽蔑ができた。遠くにいたって踊っていたって、きみのことを好きだと思えたんです。どうして、人を殺したんですか。

四角い箱にしか見えない教室で、ぼくはスマホの光の中で、急にきみの名前が羅列されたことに気づいた。ツイッター、ニュースサイト。そこにはきみが逮捕されたという事実が書かれていたのだ。「森下は？」という声が聞こえて見上げると、教師がクラスメイトの森下を探している。あいつは教室にいなかった。もう授業ははじまっていた。あいつとぼくは喋ったことがなくて、これからも会話することなどないと思っていたが、きみのライブに行くとたいていはあいつもそこにいて、2度、目が合った。どちらも話しかけようとは思わなかった。「かばんもありませーん」別のクラスメイトが森下の机を覗き込んで、挙手をしてまで報告している。ぼくはもうわかっていた、あいつはあの家に行ったのだ。まるで友達、まるで親友のように、ぼくは立ち上がり教室を飛び出した。

自転車置き場まで行くと、ぼくはすぐさま自分の自転車をそこから出した。「おい、山城」教師がちょうどぼくに追いつくが、ぼくは喋らない。「体調が悪いのか？　どうした？　急に」今まで、まじめに授業を受けてきてよかった。教師の声は優しく、そして怯えすら感じられた。こういう生徒がキレるのがいちばん厄介なんだよ、とか、思っているのかもしれない。すみません。ぼくはそれだけを言って、自転車に乗ろうとした、教師は「おい」と少し強めに言ったが、不良に対しての態度よりはとても柔らかいと知っている。ぼくは、かわいいきみのことを話したんだ。かわいいんです、愛野さんはかわいいアイドルで、ラブきみミキサーっていうアイドルグループのセンターだししかも、ぼくと同い年で、高校2年生で、白い肌と黒い髪と、コンタクトなんていれなくても大きな瞳が眉の下に2つあって、ぼくがなんど彼女のために秋葉原に行ったと思っている、ライブハウスなんて煙たい場所に行ったと思っている、彼女はかわいいし、それでいて外見以外にろくな特徴もなく、ダンスも歌も努力で成り立っている、努力だけだ、努力だけでできた平凡な人間なんだ、だからすっごくかわいいんだよ、そのかわいいあの子が犯罪をするわけがない、殺人をするわけがない、それなのにニュースやツイッターで、さんざん地下アイドル・愛野真実殺人容疑で逮捕、って！　それればかり書かれている。えん罪に違いないのに、あいつがそんなことできるわけないのに。それを、確かめなくちゃいけないんだ、ぼくにお前は死ねって言うのか、彼女のことを殺人犯だと信じろって言うのか！　ペダルを踏んだ、加速した。ぼくの言葉に教師は驚き、手を振り払うのも簡単だった。校門をでる、坂道を下る。ブレーキは極力かけない。背後にあった教師の気配はいつのまにかなくなり、授業が進んでいる。だれも学校の周囲にはいない。ぼくはただただ下校をしていた。まだ昼でもない、午前の時間。

ぼくはすぐ、自宅ではなくきみの家に向かったのだ。

かわいいきみの実家は、じつはぼくらの暮らす町にある。そりゃあ、今は都心に一人暮らししているのかもしれないが、しかし週に1回は帰ってきていることを知っている。きみはそこまで忙しくないし、家族はまがぬけているのかきみのことを応援していた。きみはとてもかわいいけれど、大した才能もないから、未来はなかった。それなのに応援をする家族にはかわいい愚かさがあって、きみに似ている。ぼくはきみの家の前にある公園に向かったふりをして、自転車を停めた。出入り口が森のように茂っている公園の中に進み、ぼくはまるで仕事を失ったサラリーマンのようにベンチに腰掛ける。自作の受信機内蔵ヘッドフォンを取り出して、角のようにアンテナを伸ばした。

「落ち着いてください……」

「でも、私の娘がそんなこと」

リビングに置いてあるらしき盗聴器から中の声が聞こえてきた。

「娘さんのハンカチが殺害現場に落ちていたんです」

「そんな……！」

「おかあさん」

そのとき、聞き覚えのある声がした。きみだ。

「あなた、ゆうちゃんのこと……殺したの？　本当に？」

「……そう思うなら、それでもいい」

平凡なことをきみはやっぱり言う。いつもなら平凡な歌詞を歌っているきみが、終わった後の写真撮影で、ありきたりのお礼を言うきみが、今日もやはり平凡なことを。きみの、息づかいが聞こえてこないかと、ぼくは息を止めて待っていた。けれど布がこすれる音、足音ばかりが聞こえて、耳に痛む。もっと別の場所に盗聴器を置いてくれたらよかったのに。

ゆうちゃんというのが、最近行方不明だという報道、それからその後、殺されたという報道のされた子どもの名前なのだろう。ぼくはそのニュースを見たことがなかったし名前も顔も知らなかったけれど、近所ね、と母は言っていた。ゆうちゃん、ただの不審者に殺されていたらいいのに。おっさんとか、おばさんとか。そうしたやつに殺されて、性欲や物欲が動機であればいいのに。ありきたりな話、それに興奮する大人達、子ども達、インターネットのニュースは風化よりも早く消滅をして、新しい変態が生まれ新しい殺人が生まれ、くりかえし、いつか、それらがあたりまえのものにになるんだ。

「ゆうちゃんを殺したのはわたし」

けれど、きみはそう言ったのだ。ぼくの血管が、血液があわだち、濁っていくのを感じた。嘘だ、きみを殺して、首を絞めて、嘘だろと暴力を振るわなきゃぼくが死ぬ気がする。生きられない、破裂する。耳の骨が震えて、ぼくの全身が共鳴していく。波形、弾け飛んで、ぼくが死ぬ前にきみを殺さなくちゃ、殺そうとするぐらい正しくやさしくきみに尋ねなくちゃ、嘘をつくなよ。殺されたもの、死体、遺体、女の子の夢や希望や未来や愛情やそのすべてのいのちを、踏みつぶして、きみを、殺して、嘘をつくなよ、叫ぶよ、伝えたい、きみの、きみのテーマカラーはピンク、人の身体を粉々にしてできるピンク色。手のひら、体の内側、ぼくの桃色の部分がすべて吐き出されるような、手触り。ぼくは知っている、わかっている、きみはただの平凡だ。嘘だ、わかっているんだよ。オペラグラス、ぼくは、きみを、きみの耳の奥の、脳、思考、ピンク色の脳の水たまり、本当の瞳を、覗き見しようと振り向いたのだ。

そのとき、きみの家の塀に沿うように立っている男がいたのだ。森下。カーテンは閉められていて、家の中は見られない。けれど、塀のそばに、森下が立っている。あの、きみのライブにぼくと同じ頻度で来ていた森下だ。

森下がアイドルを好きだなんてクラスの奴は誰も知らない。ぼくがアイドルであるきみを好きだということも誰も知らないことだがしかしそれでもぼくは「アイドルとか好きでしょ」とクラスの女子に言われたことがある。そのたびにぼくはそうだけど？　と答えられたらどれぐらいいいだろうと思っているんだ。相手はぼくに返事を求めていないので、実際のところただ動揺している。森下はクラスでは人気者だったし、顔がアイドルの誰々くんに似ている、と言われているところは見たことがあるが、森下は「だれそれ」と言っていたし、その言葉に女子は笑っていた。笑っていたのだ。彼らは笑っていたし、森下のことをぼくは嫌いにはなれなかった。適度に差別してくれれば、ぼくを軽蔑してくれれば、もしくはさも見えていないかのように、振る舞ってくれていれば、簡単に嫌いになれたのに。嫌う、正当性がえられたんだが森下はぼくにも普通に挨拶をしたし、クラスのどの女子ともつきあってはおらず、そしてきみのライブに参加していた。はじめて見つけたのは、ぼくが下北沢のライブハウスにはじめていって、他の出演者がアイドルでもなんでもなく、3番目にでてくるラブきみミキサーまでこの轟音の中どう息をしていたらいいんだと苦しんでいたときだった。森下はまるで当たり前のようにバーカウンターに行くと、適度に店員のお姉さんと会話をしてオレンジジュースをもらった。こういうところで酒を飲むわけでもないのか、と思ったが、酒を飲まないからこそ、ああ、あれは森下だなとぼくはすぐにわかったのだ。最初は別のバンドが目当てなのかと思った。けれど、それからそいつは演奏中の2番目のバンドを見ることもなく、すぐ、外に出た。戻って来たのはラブきみミキサーの登場直前だ。きみは知らないかもしれないが、ステージの上はこちらから見ると想像以上にまぶしくて、客席はひどく暗い。でも、だからこそ客席の間で視線を送ることは、きみが思うより容易なのだ。ぼくは森下がゆっくりと、少しずつステージに近づいていくのを見ていた。ぼくは他のファンと交流があるわけでもないし、いつもこうしたライブでは後ろの方から眺めているだけだった。なのに、森下は当たり前のようにきみに近づこうとしている。きみのカラーであるピンク色のサイリウムを持って。けれどラブきみミキサーのファンにだって序列があって、変な振り付けできみを応援する集団にとってそうしたルールも守れず前に行こうとする森下は、忌むべき存在であったし、実際に追い出されていた。太った男にはじき飛ばされ、森下はすっかり端の方に流されている。困った顔をしてはいたが、あいつは少しも、怒りや苛立ちの色を見せなかった。小心者なんだろうか。

こうしたところに来たことがなかったのかもしれない。ライブが終わると、森下はあとの出演者を待たずに出て行った。そのあとで握手会と撮影会があることを教えてやろうかとも思ったけれど、あいつが、ぼくの存在に気づいているのかもわからない。わざわざ存在を教えてやるのは癪でやめてしまった。

それからあいつはぼくが行ったライブには必ずいた。そして少しずつそのルールを理解して、踊っている連中のすぐ後ろ、いちばん見える場所に立つようになった。だからぼくはそれより後ろで、森下に気づかれずにきみを眺めるようになったのだ。

森下は塀に貼り付き、ぼくと同じように盗聴をしているのかもしれなかった。それとも、あそこまで近づけば叫び声か怒鳴り声でも聞こえるのだろうか。聞きにいく勇気はないが、森下のまるでトカゲのようにぴたりと動かずに塀に貼り付く姿は異様だ。そもそも彼がいなくなったと教室で聞いて、ここに必ずいるだろうとは予想がついていたのだけれど。

家の前には3台の車、どれも警察のものだろう。事件もこの近くで起きたのだから、きみが連行される場所もぼくにはわかっていた。森下もわかっているんだろうが。

「そんな」

「ゆうちゃんを殺して、ばらばらにして、星の形に並べたの。このまえテレビが来ていた、痣山神社のパワースポットの木の下で。そしたらかわいいとおもって」

「ということで、娘さんには署に来ていただきます」

ヘッドフォンでは会話が聞こえる。淡々としたきみの言葉はあまりにも薄っぺらく、うそにしか聞こえなかった。

きみは、知っているのか。ちゃんとわかっているのか。ゆうちゃんは殺されて、ばらばらにされて、観光客がばかみたいにやってくるパワースポットの大木の下に、捨てられていたんだ。きみがしたって言ってしまったら、ぼくはきみを平凡だと、見下すことができなくなる。きみはわかっているのか。そんな、凶悪な存在にならずにただ、ばかみたいな歌と踊りを、努力でしかないもので身につけていけよ、そんな人間だろお前は。

きみが家から連行されるより先にぼくは自転車に乗って、走り出していた。森下はすでにいなくなっている。どこかで身を潜めているのかもしれないが、あいつはぼくがきみを好きなことを知っているし、見られたって構わなかった。自転車が加速、加速、加速。ぼくはこの坂道を下りきって、曲がりきれずに衝突死する、そう想像しなきゃこの1分で心臓が破裂してしまいそうだ。きみなんかに、殺人なんかできるわけがなかった。なかったんだよ。

ブラッド、血をみたことがない。小さな傷から溢れ出た血、見たことがあるのはその程度で、手術なんてしたこともなかった。できれば、永遠に人が死ぬところなど見たくもないね。かわいい女の子が、モデルのだれかが勧めていたからと似合いもしない化粧をして、ブスになっているのをぼくは、ブスだよって教えてあげたいし、それで彼女が恥じてくれたら、最高だと思っているんだ。原宿の竹下通りを、全員を見下しながら歩きたいよね。ぼくはシークレットブーツを履くよ。

自転車はうまく曲がれてしまったし、事故なんてないまま、家につく。よく考えれば早退したことが親にばれたら厄介だ。飼い犬のハナをつれてぼくは散歩にでた。

ぼくの家をきみは知らないだろうが、きみの家から自転車で5分ほどでつく場所にある。ちょうど、きみの家の前にある公園の反対側、そのまままっすぐ北に向かうと小さな川が流れていて、水量が少ない日はそこにイノシシが歩いている。ハナが、イノシシに向かって吠えていた。「あれ、山城」それに反応したのはイノシシではなく通りすがりのだれかだった。森下。そいつがまるで学校をさぼってゲームセンターにでも行っていたかのような顔で、立っている。「学校は?」自分のことを棚に上げて、森下はそう言った。ぼくは、緊急事態があって、と小さな声で答える。「俺も」ふと、そいつの隣に小さな女の子が立っていることに気づいた。それなに? ぼくが尋ねると、森下は「妹」と答える。「かわいいだろ?」ぼくは相づちを打つ気がしなかった。

少女は前髪だけクマのヘアゴムで結んでいて、きみにも若干似ていたが、どうだろう。今度写真を送ろうか。あいつはきみのことをぼくには何一つ話そうとしなかった。ぼくがライブにいることには気づいていたはずなのに。あいつはそれから、「お互いがんばろうぜ」そう笑う。

その夜、あの少女の顔写真がニュースでなんども流れた。行方不明。脅迫などの電話もなし。当日はクマのヘアゴムをつけていたといいます。前回の事件と特徴が似ている。容疑者の少女Aはすでに警察に保護されており。ぼくはチョコレートを食べていた。居間には少し早いがこたつが置かれていて、ぼくが言うと、カフェオレが運ばれて来た。それを飲みながら、「物騒ね」という母親の声を聞いている。女の子がこういうところで殺されるのはやっぱりきれいだからだろうか、きれいだと思うのはぼくが男だからだろうけれど、そうやって異性に幻想をいだいて、自分が出来ない人間の美学みたいなものを押し付けて生きるのは楽しいな。警察は、報道されていない点においても前回の事件と共通項があることから、慎重に捜査をすすめるとのことです。

きみはまだ解放されなかった。きみがばかみたいに自白してしまったからだ。家宅捜索は無駄に終わったんだろうか。それから続報が流れてこない。あれからどうなった？　という言葉をツイッターでなんども見る。きみのへんな噂話、クラスメイトだったとかいう女の書き込みとか、嘘ばっかりだ。ぼくはだいたい調べて知っていたけれど、ああいうところでは想像以上に嘘が多くて、それが平気で信じられているんだね。

翌日、登校すると担任が腰に手をあてて、ぼくの名前を呼んだ。なんですか、と尋ねる直前に昨日飛び出したことを思い出す。「家にも連絡したぞ」母親はなにも言わなかった。なんでだろう。ぼくになにかを言う、ということをもう長いこと母親はしてこない。別にいいんだけれど。すみませんでした。ぼくはそれだけを言った。「今度したら、指導室行きだからな」そんな、なんの効果もない台詞をどうして選んだのだろうか。森下君はどうなんです？　「あいつも、次は指導室だ」今日はもう来たんですか？　「あいつは、だいたいぎりぎりに来るよ」休むとかそういうわけではないんですか？　「どうした？　そんな連絡は来ていないがな」森下がどういう顔で学校に来るかぼくは知りたかった。きみにぼくがどれほど森下に心を救われたかわかるか。きみにはわからないかもしれないけれど、森下があの少女を殺したんだろう。ゆうちゃんだって殺したに違いない、そう思った、きみはえん罪で、やっぱり平凡だったということが暴かれようとしている。ぼくのやすらぎ。森下に会ったら、ぼくは手伝わせてくれって言うつもりだったんだ。

森下は授業がはじまる直前に来て、手当たり次第、みたいにクラスメイトに挨拶をして、ぼくにだって目が合って、「おはよう」とか言う。こいつはばかなんだろうか。クラスメイトのひとりが昨日のミュージックステーション見た？　って聞いているし、森下は見ていたし、ぼくがあのニュースを見ている時間だった。「今日放課後、あの店、久しぶりに行ってみない？」だれかにさそわれて、森下は忙しいとか答えていた。そうだぼくもこれから忙しくなるんだろう。授業がはじまった。

子どもばかり二人連続で殺される事件だった。だからぼくら高校生は逃げ惑う必要がなかったはずなのに、教師は、集団で下校するようにとか言っている。ぼくは聞き流していたが、クラスメイトはそれを真剣に受けているらしい。だれと帰るか相談している。ぼくはそれで、慌てて、森下の近くに行ったのだ。「なに」森下よりそのまわりのクラスメイトの方が驚いていた。ぼくはそれでもここで、森下と帰る約束をしなければ、手伝うことは困難になると思っていた。たぶんぼくがさそえば他のクラスメイトは森下をさそわなくなる。あのさ、ぼくと帰らない？　ぼくの言葉に森下は笑顔ですぐ「いいよー」と答えた。「え？　まじで？」と女子が言っている。が、ぼくは無視する。森下も無視した。ぼくが席に戻ろうとすると、だれかの足がぼくの足にひっかかって、倒れかかった。「気をつけろよ」って言った奴はぼくの足をひっかけた奴だ。わざとだ。そう思ったけれどなにも言わなかった。

森下は並ぶと背が高いとよくわかる。すらりとしていて、ぼくがまるでサッカーボールになったみたいだ。放課後だった。森下は部活もないらしく、それから他のクラスメイトからの誘いも断ったらしい。ぼくは森下と二人きりで帰ることができていたんだ。ぼくは、勇気を出そうとした。出そうとしたけれど校門をでて、坂道を下る。森下は腕を頭の後ろで組んで、空を見ている。なにかを話そうとか、なにかを話しかけられるのを待とうとは、していない様子だった。

森下、と呼んでみる。

「なに?」

ぼくはそれ以上、なにかを言えそうになかったが、それでやっと森下はこちらを向く。あのさ、まみちゃん、捕まっちゃったよね。「そうだなあ」そいつは、まるで前からファン友達だったかのように答えた。「はやく解放されてほしいよな」そしてそう、続けたのだ。うん。ぼくもそれは同意だった。できれば早く、きみは無実だと、無能だと証明してほしい。世の中のだれでもいい、真犯人でもいい。そうだ森下でも。ぼくは、手伝おうか?　と尋ねたのだ。「なに?」人殺し。ほら、お前さ、昨日あの女の子、殺しただろ。別のパワースポットで見つかったって聞いた。「うん」あ、やっぱりそうなの?　え?　まじで?　「お前が聞いたんじゃん」え、えーっと、どうしよう。「いいよ」え?　「手伝ってよ」森下は笑っていた。こいつの笑顔って、なんだか悪意がちょっとだけ混ざっているように見えるのは顔がきれいだからかな。きれいな人間っていうのはどこか魔物や化け物に似ている。「今日もとりあえず、やろうと思うんだけど」うん。「その前に、またあの家に行こうかなって」それはきみの実家のことだ。昨日も行ったけれど、あいつはまた行くらしい。なんで、今日はなにかあるの？「いや、ないと思うけれど。あるとしても、急に警察から電話があるとかだろ。だから待ち伏せするのはしんどいし、俺さ、昨日からあの近くで録音していてさ」あの、へんな盗聴器の電波？「そうそう。なんだ、おまえもあれ知ってるの？」さきに、言い訳しておくけれど、盗聴器はぼくが仕掛けたわけでも森下が仕掛けたわけでもなく、きみさ、たぶんファンがくれたプレゼントか何かを家に持って帰っただろ？それに盗聴器がしこまれているんだよ。ぼくはきみの家のそばでさまざまな波長を調べたら、家の中の音を拾えたんだ。だからラッキーって聞いているし、それは森下も同じだったんだろう。それを録音したの？と尋ねたら「そう」と言っていたんだから。

「確認しにいくんだよ、いい情報も入ってくるかもしれないし」森下が言うには、あして子どもが新たに殺されたら、たぶん両親が疑われるだろう、とのことだった。

「盗聴した通り、バラバラにして星の形に並べたんだけど、それって、犯人と警察しか知らない情報らしいから。でもさ、ぶっちゃけあのこと、まみちゃんが言ったのって両親の前じゃん？　だったら両親が罪をかぶる為に、まねをして子どもを殺したって警察が思ってもおかしくないよね」

ぼくはその日自転車に乗って来ていなかった。森下の邪魔になってはいけないと家に置いて来たのだ。森下は学校から徒歩5分の所にすんでいて、自転車に乗っている所をみたことがなかった。ぼくらは歩いてきみの家に向かったのだ。

徒歩15分。夏はすでに消えかけていたけれど、自転車で行くよりはずいぶんとつかれたし、汗がでた。

森下はぼくにはなにも言わず、まっすぐにあの公園の中に入っていく。低木の中に、それを隠しているらしく、彼は「周りをみといて」と言ってからその下を覗き込んだ。彼が取り出したのは小さなボイスレコーダーと、奇妙な電子回路を組み立てた手作りの機械だった。それを青色のプラスチックボックスに入れている。森下は手際よく、ポケットから取り出したもう1つのボイスレコーダーとそれを入れ替えると、すぐに機械を元に戻した。それさ、とぼくは口を開いた。それさ、警察にそのうち見つからないかな。「いいんだよ、見つかって」そうなの？　「だってそうしたら、これまでの事件、ぜんぶ、俺が犯人だったってことになるだろ、あの子に罪をきせたんだって」ふうん。でも、ただの盗聴だと思われたら意味ないじゃん。「え？」森下が犯人だっていう可能性がでてきたときに、これが見つかったりしたら、有効だけど。そんな疑いがでる前から見つかっても、いたずらとか、思われるよ。あの子アイドルなんだし。「そっか……でもできたら、捜査の状況とかここで知りたいんだよね」大丈夫。ぼくがそう頷くと森下は目をきらきらさせて、ぼくの手を掴んだ。地下に埋めよう。それから録音はスマートフォンで行って、随時電波に乗せて送信させた方がいい。「でも、充電がすぐきれちゃうよ」ぼくが、秋葉原でバッテリーを買ってくるよ。それをとりつけて、地下に埋めて熱がこもらないように、ファンもとりつける、あとは空間を大きく保てるように、プラスチックじゃなくて金属の大きな箱を使った方がいいかもしれない。「え、ホント？　やってくれるの？」ぼくはもう一度頷いた。森下はとても嬉しそうに、握ったぼくの手を乱暴なぐらいに振って、「ありがとう！」と言った。あいつはこうしたことが苦手だったのかもしれないね。ともかく、ぼくのおかげで、きみの家は十分に盗聴できるようになったのだ。そのあと、ぼくは秋葉原に材料を揃えに行くこととなった。「その間に、もうひとり、殺しておこうと思うよ」だれにするの。っていうかさ、昨日の子って、本当に妹なの？「違うよ。妹の友達」そう森下は言った。「俺につながっていくように、ちょっと縁がある人間を狙っておいた方がきっといいんだ。最初の被害者だって、俺の知っている奴だったし」そうなの？ぼくはきちんと、最初の事件を調べたことがなかった。だってきみが逮捕されるだなんて思わなかったし、事件なんかより、きみのライブが重要だった。サイリウムの補充も忘れないように、考えなくちゃいけなかったのだ。「誰にしようかなって、まあ、目星は付けているんだ。今日の夕方、……山城って、佐藤和菓子って店知ってる？」急に森下はそんなことを聞いた。ぼくが首を横に振ると、「クラスの女子が最近見つけた店なんだけど、そこの抹茶パフェがうまいんだよ。あ、意外、って顔したな。俺は甘いものは嫌いだけど、和風だと食べられるんだ。そこで夕方待ち合わせをしている」そいつを殺すの？「うん」と森下はやっぱり冷静に答えた。すこしぐらい興奮とか動揺とかしたらいいのに。ぼくは現場には立ち会う気になれなくて、秋葉原での買い出しが大変だという説明をした。「じゃあ、殺すのはやっとくよ」まるで、委員会の仕事を受けるみたいに森下は言った。ぼくはそれでもその言葉に甘えることにしたのだ。

秋葉原には電車で1時間20分はかかるし、本当に、殺すのはそっちでやっておいてもらわないといけなかった。次はきちんと殺すのを手伝おう、と考えながら、手と手すりの間の汗を、つぶすようにそれまでより強く手すりをにぎった。ぼくは席に座らずにいたのだけれど、向かいの座席に座っている一人が、じっとぼくを見つめている。そいつはぼくの学校の制服を着ていた。女子だった。ぼくが目をそらそうとした瞬間、そいつは立ち上がり、近づいてきた。「ねえ、山城」その声は、今朝教室で聞いた声だ。「まじで?」とか言っていた女子。森下のとりまきの一人だった。間近にきた顔を直視すると、目の回りに濃い化粧がされていることがわかった。

「なに、山城も塾なの?」

そいつの名前はなんだっけ、渡瀬とか、そんな名前だった。ぼくは首を横にふる。

「なんだ、そう」えっと、渡瀬さん。「なに？」教室と雰囲気違う？　ぼくはそう尋ねた。なんだかもっと、自分の好きな物以外は死ねって思ってそうな空気だった。そう思うことがゆるされるとすら思ってそうだった。「あー、女子は、集まると凶暴になるからね、それかな。こわかった？」そう、渡瀬が笑うと八重歯が見えた。いや、そんな。「でもさ、そもそもそんな話したことないよね？　ないのに、そんなこと言わないでー」うん。「塾じゃないならどこに行くの？」秋葉原、と答える勇気が出ない。ちょっと、というごまかしに、「へえ」と彼女は納得した顔を見せた。渡瀬さんは、塾なんて行っているの？「うん」クラスメイトに通っている子は多いけれど、すぐ近くの繁華街に大手の塾はある。こうやって都内に向かう電車に塾のために乗る子は少なかった。「今日行くのは、英語の専門塾。教え方がうまくて、有名なの」そんなに？　なんで渡瀬が？「私のおにいちゃんも、おねえちゃんも、そこに通って東大行ったんだよ。なんか東大英語に向いているらしい」

渡瀬さん、東大行く気なの？　ぼくは、それをちょっと、ばかにしたというか、意外という顔で、それこそ森下が抹茶パフェを食べるとか言ったときと同じ顔で聞いていた。けれど、渡瀬は「うん」とまっすぐにこちらを見て答えたのだ。「私、介護ロボット作りたいんだよね。あ、もしかして意外？　私、結構勉強できるんだよ？」そうだっけ……。「いつも試験結果とか学内で3位には入っているでしょ」たしかに、渡瀬という名前はたくさん見たのだ。でも、男の渡瀬だと思っていた。名前がたしか、「明」そう、そんな中性的な名前だったし。「いい名前でしょ」渡瀬はまた八重歯を覗かせる。

窓から見える景色はちょうど夕焼け。町が燃えているようにも見えた。

「なんだか火事みたいにみえるね」

そのとき、ちょうど渡瀬はつぶやく。ぼくはなにも答えられなかった。森下ならなんて、答えるのだろう。「17歳は、星か獣になる季節なんだって。今日、やった英文読解にね、書いてあった」渡瀬の横顔も、火事みたいな光に染まっている。「人でなしになって、しばらく、星か獣になるんだって。大人だからってひどいこと言うよね」太陽が山を燃やしながら、ピンク色に変わっていく。渡瀬、森下のこと好きなの？　そのとき、ぼくはなにかにつられたかのようにそう尋ねてしまった。

「え？　違うよ」あっけなく彼女はそう答えた。「森下とよくつるんでる、青山っているじゃん、あいつが好きなんだよね。あ、言っておくけど、山城だから言ったんだよ？」どきり。「山城なら言いふらす相手もいないでしょ」ひやり。ぼくが何も答えられずにいると、次第に渡瀬は、教室で見せる退屈そうな表情に戻っていく。そして、ちょうど到着した駅で慌てて降りていってしまった。

ぼくはそれからも40分ぐらい乗り換えたり列車にゆられたりしながら、秋葉原に行って、それから帰った。公園で機材を埋めて……森下と連絡先を交換しておけば良かった。なにか起きたのか、起きなかったのか、ニュースを見てもなにも報道されていない。和菓子屋もきっとしまっているだろう。

翌朝、ぼくは登校してすぐに、青山というやつの顔を見ようと席順表を眺めた。青山は森下の後ろの席らしい。もちろん、森下はまだ来ていない。というより、事件とかなにも起きた様子がないのだけれどどうなんだろう。しばらくすると青山はやってきた。教室に入ってすぐ、クラスメイトとなにかを話してばかみたいに笑ってる。席にも着こうとしないが、周りが青山と呼んでるんだから、あいつがそうなんだろう。たしかに、昨日も森下の周りにいた一人だ。足をひっかけてきた、あいつだった。

「おはよー」青山はそう言いながら席に着くとまずはおおきなあくびをした。そこに、森下がいつもより早めに現れたのだ。「おい、青山」森下はいつもと違ってだれにも挨拶をしなかった。すぐに青山の近くに行くと、そいつの胸ぐらを掴む。

「え、なに、モーリー」

「おまえさ、なんで昨日こなかったんだよ」

「なにそんなことで怒ってんの、ごめんって」

「ドタキャンしておいてそういう謝り方ねえだろ！」

森下は青山の頬を殴った。青山はしりもちをつくし、女子が叫ぶし、教室がうるさい。「え、まじで、びっくりなんだけど。なになに、モーリー機嫌悪くない？」青山はそれでも怒らない、というか呆れている。もしかして、あの抹茶パフェを食べる約束をしていたのは、青山だったんだろうか。だとしたら、青山からすれば、抹茶パフェとかいうそんな約束をやぶったぐらいで、森下は激怒しているってことになる。そりゃ、青山も呆れる。

「痛いんだけど」

「うるせえよ」

森下は青山のことを起こそうともせずに自分の席に乱暴に座った。いつも、森下の近くによってくる女子もその日だけは遠巻きに見ている。そして、渡瀬が、青山にかけよった。ぼくはそれで目で追うのをやめたのだ。

そのあとすぐにやってきた教師に、森下と青山はよばれたけれど、渡瀬が、青山を先に保健室に連れて行きたいと直訴したので、森下だけが指導室に連れて行かれる。それでもまだ、女子は「森下君、大丈夫かな……」とか言っているのだからめでたいものだった。

森下はその後すぐに戻ってきた。1時間目の授業がはじまる。けれど、青山は戻ってこなかった。都合がいいしそのままさぼろう、と思ったのかもしれない。1時間目が終わってすぐ、不安そうな顔で渡瀬だけが教室に帰ってきて、森下の近くに行く。

「森下さあ」

「え、なに?」

「青山に謝りなよ」

「お前関係ないじゃん」

「なにがあったか知らないけど、殴ったのはいけないことでしょ」

森下と渡瀬がにらみ合っている時間、いつもの様子と違う二人に、休み時間だというのに教室は静かだ。ぼくは、森下がいやな笑い方をするのを見た。いつもと違う、人をばかにしたような笑い。「渡瀬、青山のことが好……」森下! ぼくがそう叫んだ。ぼくが森下の腕を摑んだ。その瞬間、クラスメイトの視線がぼくだけにそそがれる。渡瀬が驚いたようにぼくを見るが、関係がなかった。ぼくは渡瀬になんと思われるかには興味がなかったのだ。

「……ごめん」

森下をただ、止めたかった。それが彼に伝わったのかはわからないけれど、ぼくの顔を見てすぐ、森下は謝った。小さな声だったし、渡瀬はなにも答えない。授業が早くはじまってほしかった。

休み時間がまた来ても、昼休みが来ても、森下に話しかける奴はいなかった。だから今日も一緒に帰ることは簡単で、放課後、ぼくは森下と黙りこくって坂道を下っている。「わるかったな、まきこんで」ううん。ぼくは首を横に振るけれど、詳しく聞く勇気が出ない。「昨日、あのあと青山と和菓子屋に行こうと思っていたんだけど、あいつ来なくてさ、殺せなかった」やっぱり殺すつもりだったの？　青山君を。「まあ、仲いいし。とりあえず、教室で問題も起こしたし、これで青山が死んだりしたら俺が疑われるんじゃないかな」

まさか、それが狙いだったって言うんだろうか。あんなに渡瀬が困惑していたっていうのに。森下はぼくの気持ちがわかるみたいに、頷いて、「渡瀬には悪いけど」そんなことを言うのだ。悪くないよ別に。「渡瀬が、青山を好きなのは知っているんだ？」……うん。「渡瀬のために、青山のこと殺してほしくないっていうなら、俺はちゃんと考えるよ」でも、ぼくはなにも言わなかった。だって、だれかが死のうがだれかがそれで悲しもうが、きみのせいでできたぼくの傷にはかなわない。ぼくは、きみが平凡だということを改めて世界に証明しなくちゃいけないんだ。

「そういえば、盗聴器の音声だけど」森下は思い出したように呟いた。昨日回収したボイスレコーダーは森下が持ち帰っていたのだ。「警察はまだ、模倣犯として見ているみたいだね。なんどか、まみちゃんのお母さんが警察と電話で話していたんだけれど、まみちゃんはまだ解放されそうにない」無実なのに。ぼくはそう、砂を蹴った。「え、そうなの？」急に、森下が高い声で尋ねる。「え、まみちゃん、えん罪なの？まじで？」そうにきまってるだろ、あんな子が人殺しなんてできないよ。「証拠とかは？　なあ」その興奮から見て、あきらかに最初の犯罪は森下によるものではないんだとわかった。森下が真犯人であれば、という、ぼくの望みは消えていく。そして、この瞬間まで彼はきみが本当に人を殺したのだと信じ込んで、それをえん罪ということにするために、小さな女の子まで殺していたのだ。「そうなんだ……」なにもかも、きみが、異質な人間のふりをしたからだ。そうして異常者のふりをして、人の関心をひこうとしたから。「よかったなあ」けれど、森下は安心したように呟いた。「まみちゃんが本当にえん罪なら、きっと俺ががんばっていればすぐに解放されるさ。かわいそうになあ。ああ、だけど、証拠はないんだっけ？」うん……。「まあ、とにかくさ、がんばって模倣犯を続ければいいんだろ」

森下が言うには、星形に遺体を並べたことは報道されていないし、それを知っていて、実行できるのはやはり真犯人だからではないかという説は警察の中でもあるらしいけれど、それならどうしてきみがそのことを知っていたのか、という疑問が残る。ぼくらはもっと決定的な事実を、知らなければいけなかった。ぼくは、警察が言っていたきみのハンカチ、というものについて伝えた。森下も盗聴で聞いてはいたらしい。それが物証になっているのかもしれない。「そんなもの、盗み取って、現場に置けばいくらでも偽れるのに、なんでそんなことでまみちゃんが逮捕されなきゃいけないんだろう」ぼくは、だまっている。「……そうだ、山城」

そのとき、森下がいつもの明るい声でぼくの名前を呼んだ。ぼくが彼の目を見ると、森下は少しだけ微笑む。

「盗みにいこう。まみちゃんの私物を。それをさ、殺害現場に置いていこう」

え？　と聞き返すも森下はすでに決断してしまったらしい。急に足取りが軽やかになり、そしてきみの家に向かうため大通りの角を曲がったのだ。「まみちゃんのハンカチ、っていうことは名前をあちこちに入れる子だったんだろうな。かわいいな。山城、体育の成績、どう?」ぼくは首を横に振った。運動神経なんてものは望んだだけむなしくなるほど、なかったのだ。「そっか……俺も自信ないんだよ」容疑者の実家なんて、たぶん警察は見張っているよ。へたなことしないほうが……。「でも俺、足がついてもいいんだよ?」だけど、まみちゃんをえん罪だってことにしたくて証拠をでっちあげようとしていることがばれたら、まみちゃん余計に疑われるよ。「それは、そうだなあ」森下は立ち止まり、しばらく考えるような様子を見せた。きみの家に忍び込むのは簡単だろう。盗聴器すらすんなり家に入れるんだから、セキュリティの意識は低いはずだ。でも、それはぼくらが泥棒としてプロだったら、の話。「そうだ、岡山って奴知ってるか、山城。ほら、いつもライブで、最前列で踊っているおっさん」それは、はげたガリガリのおじさんで、たぶんきみも知っているだろう。つねにライブに来ていたから。

「たぶんさ、あいつが盗聴器の犯人だよ。電波を拾いに近くに行ったとき、なんどかあいつを見かけたんだ。あいつは都内に暮らしているはずだから、わざわざ来ているってことなんだろうな」それがなに。「あいつなら、まみちゃんの私物ぐらい盗んでいるんじゃないかな。俺さ、岡山とはなんどかチケットのこととかで連絡してて、メールアドレスわかるんだよ」知り合いなの？　「うん。チケット買うだけなのに、あいつわざわざ俺に学生証みせろって言ってきてさ。でも、だからこそ、あいつは俺の記録を持っているはずだ」

そのとき、ぼくはなぜ、森下がそんなことを言っているのか、わからなかった。

森下はぼくには何も言わずに、すぐに駅へと向かった。岡山の家に盗みにいくのだと、ぼくにはわかったが、しかし森下はあいつの家を知っているんだろうか。尋ねると、「知らないけれど、あいつ、別のアイドルグループも追いかけていたはずだから、ライブハウスではっておけば、見つかるだろう」

尾行するの？　という問いかけに、森下はいい笑顔で頷く。ただ、それでも安心したんだ。ぼくらは秋葉原駅まで行くし、つまり今日は、森下は青山を殺そうとはしないだろう。別に、殺してくれたって構わないけれど、まだその覚悟ができてはいなかった。

車内を見渡しても渡瀬はいない。今日は、英語の塾には行かないんだろう。ぼくは、ふと、森下は受験をするのか、塾とか行っているのか聞いてみようと思った。本当に、世間話のつもりだった。

「行ってないよ。やめた、意味がなくて」

確か、森下は成績もよかったはずだ。ほどほどに。ぼくはほどほどに成績が悪くて、要領がいい人間と悪い人間の差だと昔に思ったことがある。

「山城は?」

行ってない、と答えると、森下は「そうだよなあ、まみちゃんの応援で忙しいもんな」そうあっさり呟いた。まみちゃんのために、塾をやめたの? 「そうだよ。秋葉原に来ていたのは塾のためだったし、だから出会えたのは塾のおかげなんだけどね。もともとあんまり通う意味を見いだせていなかったからよかったよ」森下は、将来のこととか、不安じゃないの。「なんで? だって刑務所に行くだけだろ?」でも、と言いかけてやめる。ぼくだって勉強はろくにしていない。きみのことを好きなだけでなにも、できていなかった。まだ形になっていない魂が、体の中で揺れて、皮膚の下が熱くなる。

「なんだっていいんだ。死んだって、殺したって、捕まったって、まみちゃんを救えるならなんだっていいんだ。俺はそのために生きている。それより先に未来があったとして、命があったとして、俺には関係がなかった」

ぼくは彼の隣で、少しだけ肩をこわばらせた。そんな、きみだけに支えられた人生、意味がないじゃないかと言いたかったけれど、森下を傷つけることはなんだか不快だ。きみが中途半端に彼に夢を見せてしまったから。彼に、きみが凡庸などこにでもいる子だということ、教えてやらなくちゃいけなかったんだよ。

森下、まみちゃんのどこが好き?

「かわいいところと、ダンスがうまいところ」

でも、あれ、一生懸命練習しているんだよ。才能とかじゃないんだよ。

「だからこそ、いいよね」

……。ぼくは、それはわかる。だからこそ、いいのだ。きみはどうしようもなく才能もなくてセンスもなくて、そしてそれに劣等感を背負いながら、そう見せかけようと努力ばかりする。好きな食べ物も好きな音楽もどれもこれも平凡で、少し他人と変わった所があると、それを誇りに思っている。その態度だ、その他者よりすこしでも上に行こうとするそのみじめな姿がぼくは好きだ。だってきみはみじめでかわいそうで、ぼくはきみのこと、軽蔑したいだけできるから。

「努力も才能だよ」

森下はそう呟いた。急に、渡瀬の顔が浮かぶ。「俺は、まみちゃんのがんばってる姿を見るのが好きだったんだ。ステージの上で楽しそうに踊って、歌って、俺だってがんばってるし、がんばって生きているつもりだったけれど、でも、ここに俺よりもずっとがんばって、それでいて楽しそうにしている女の子がいるんだと思ったら、好きになるしかもうなかった。俺は彼女ぐらい、がんばって、がんばって、せいいっぱい応援したいと思ったんだよ。彼女は、特別なんだ」

違う、と言うわけにはいかない。ぼくは車窓から見えるビルの広告を見つめていた。きみはこのまんなかに載りたかったのだろうか。きみはミリオンとか、作りたかったのかな。着メロとか。

森下の瞳の奥が、穴ぐらのように並んでいる。彼が少女を殺すために連れていたとき、ぼくはまだ森下の殺意や執着に気づいていなかった。

「ついたよ」

森下が立ち上がるから、ぼくも慌てて追いかけた。いつもの秋葉原駅だ。

森下はそんなに、ファンの友達がいるの？　ぼくは、秋葉原の雑踏を歩きながら彼に尋ねた。すでに夕方過ぎ。平日だから人通りは少し入った道になると一気に減る。

「いるよ。ライブが終わるとさ、他の人と打ち上げしたりもしていた。あ、でも岡山はこなかったよ。単独行動が好きみたい。山城もそうだよな」

そもそも、ぼくはそんなファンの懇親会があることも知らなかった。ぼくはファンの誰とも話したことがなかったし、情報は全部ネットで集めていたのだ。

でもそんな単独行動が好きな岡山と連絡先交換なんてよくできたね。「うーん、俺もチケットを転売してもらったときだけだから」

たどりついたライブハウスはメイド喫茶の地下にある、小さな場所だった。アイドルグループの名前が黒板に羅列されている。どれも、名前は見たことがあるけれど、大した人気はないグループだ。

「中には入らずに、外で待っていよう。岡山は確か、このギリギリボンっていうグループを追っかけているはずだから、順番からいってもあと1時間ぐらいででてくるはずだよ」でも、好きなアイドルが人を殺したというのに、他のグループのライブにすぐに行けるんだろうか。「それはわからないけど、岡山はそういうやつだよ。何人も本命のアイドルがいる時点で、ちょっとおかしいし」

森下は、そう冷静に告げると、コンビニの方に向かった。雑誌を立ち読みする振りをして、見張るつもりらしい。

岡山は本当に1時間後にライブハウスからでてきた。やっぱり、ひとりで行動している。「ああやって、ひとりで行動するのは、そのほうがアイドルの物を盗んだりしやすいからだよ」森下が、テレビ雑誌を棚に片付けながら呟いた。そして、ぼくの肩を叩き、コンビニを飛び出す。ぼくも慌ててあとをついていった。岡山は秋葉原駅に向かっているらしく、すでに暗く、人通りも少ない道を脇目もふらずに歩いていく。ぼくは、岡山を追いかける森下に、ただ黙々とついていくしかなかった。森下の背中しか見ていない。岡山など目にも入らない。

二人とも早歩きだ、ぼくの心臓の音が、ぼくの足音のように聞こえる。息がもれて、その音がこまくの奥で響いている。ついていく、ついていく。何をしているのかわからなくなる。目の前の二人とも、目的を持って歩いているのに。ぼくの足は止まってしまった。森下の後ろ姿が小さくなる。このまま、帰ってしまっても彼は気づかないだろうかと思う。きみのために森下は、どろぼうをする、人を殺す。ぼくだってきみが、人なんて殺していないことを暴きたい。でも、森下みたいにはなれない。ぼくは疲れた、しんどい、眠い。歩きたくない。犯罪なんて……。「山城！」ぼくの腕をひく人がいた。見ると、目の前に森下がいる。「大丈夫か?」あ、ごめん、ぼく……。「いい。岡山がどこのホームに向かったか見届けた。あと4分で電車が来るから、急ごう」気づくと目の前に駅がある。ハロウィンのかぼちゃがケーキ屋に並んでいる。

秋だ。秋が来ていると、ぼくは思ったし、森下はそんなこと、気づいていないんだろうと思った。彼はいつか失敗して、死んでしまうのではないかとも、思った。それを彼はよしとするのだろう。でも、ぼくはそれを受け入れられないと。

「急ごう、山城」

ぼくは頷き、森下とともに、ホームに向かったのだ。

岡山は薄手のコートを羽織って、ずっとポケットに手を入れている。しわしわのコートはろくに干してもいないのか、色がまだらになっていた。ぼくは森下と二人で、秋葉原にやってきた田舎の高校生のふりをする。「あの、メイド喫茶よかったよなあ」うん！「また今度も行こうぜ」彼と友達みたいに会話をするのは、不思議な心地だった。青山や、渡瀬は、こんなに穏やかな心地になるんだろうか。誰にもばかにされない、みんなが好意を抱く人間と、なかよくできるというのは、とても安心があった。こんなふうな人に、なりたいとは思わない。森下は笑うと眉をくしゃっと寄せて、少しくすぐったそうにする。その様子は本当に、子どもみたいだったし、笑ったり驚いたり、大きな声をあげることに対して不安を抱いたことがないのだろうとわかる。ぼくはこんな人にはなりたくなくて、彼が本当はどんな孤独や嫌悪をいだいているかなんて知りたくなくて、森下のことを、ただひたすらいいやつだと思い込んでいる彼のばかな友人になってみたかった。

電車がつく、岡山が乗るのを確認して、ぼくらはその隣のドアから乗り込んだ。彼はポケットの中でなんどか手を動かしていて、森下は小声で、「なにかまた盗んだんだろう」と呟いた。もう、遠いし、彼にはぼくらの声は聞こえないだろう。ぼくはずっと、森下が岡山に目星をつけた理由を聞きたかった。「なんどか見たんだよ、まみちゃんのかばんからシャーペンを盗み取っていたし、別のときにはストローや、まみちゃんが口をふいたティッシュのゴミとか、ビニールの袋に入れているのを見たんだよ」でもさ、そんなの楽屋裏だろ。「うーん……」森下は少し気まずそうな顔をする。「ごめん、言いづらいんだけど、なんどか、スタッフパスをつけて忍び込んだことがあるんだよ」もしかして、男のアイドルグループが共演しているとき？　「え、なに、なんでわかったの？」森下の顔なら、まぎれこむことも可能だろう。

「俺も、盗もうと思ったんだ」

森下はそう小さな声で呟いた。

「ゴミでもよかった。なんだってよかった。お守りにしたいと思ったんだ。でもさ、あまりに岡山の姿が情けなくて、やめたんだよ。まみちゃんもきっと薄々気づいていたんだと思う。それでも、笑顔でファンと握手していたんだ。優しい子だよ」

それは、警戒心が薄いだけだよ、そうぼくは言いたい。けれど、なんで、言いたいのかはわからない。

電車は大崎駅についた。岡山は人を無理矢理押しのけ、降りていく。ぼくらも慌てて飛び降りた。「ここ、まみちゃんが暮らしている駅だ……」森下の声が聞こえた。

ぼくは、ここにきみが一人暮らししていると知らなかった。岡山と森下だけが知っていた。二人とも、ずるをして知ったんだろうとは思う。きみはだれにも知られていないと思っていた？　駅をでると、すぐに川を渡ることになる。木の葉がいくつかただよっているだろうか、薄暗くてもう、水面すらわからない。ただ波面の光が一部だけさくれたように尖っていて、きっとなにかそこに浮いているんだろう。自然のものならいい。森下は岡山に気づかれないよう、少し距離をおいて、歩いていた。川を渡って、川に沿って、それから公園が現れ、それをつっきると、きれいなマンションがある。きみが、ここにすんでいたとぼくは教えてもらった。その、すぐ向かいに、ぼろぼろのアパートが1軒あっただろう？　いつもきたないタオルが、1階の角部屋から、塀をはみだして干してある、あのアパート。あれに岡山はすんでいたらしい。きみの部屋にも忍び込んだことがあるのかもね。

「山城、どうする？」

岡山がアパートに入るのを確認すると、森下はぼくのほうを振り向かずに尋ねた。なにが、とぼく。「帰る？　俺は、このまま、岡山が外に出るまで待つけど」ま、待ってよ。だって、もうこんな時間だよ？　「でも、岡山は不健康そうな顔をしているし、あのライブ時間なのに、夕飯を買って帰ろうともしなかった。まだあいつにとっては一日の終わりじゃないんじゃないかな。昔メールしたときも深夜にしか返事がこなかったし」でも。「とにかく今から待ち伏せしたほうが確実だから、ここにいるよ、俺は。山城は家に帰ったほうがいいかなあ、親になにも言ってないだろ」うん、と答えたものの、ぼくはすぐに帰る勇気がない。森下、ぼくさ、終電までいるよ。「ああ、本当？」まだ、時間は3時間ほどある。ぼくは森下の肩を叩いた。ここで、立っていたらそのうち通報されるよ。「別にいいよ、って、あ、そっか、今のうちから目をつけられたらまずいんだよね」うん。森下って、スマホ？　ぼくは森下からスマホを取り上げると、ぼくのスマホをブロック塀の隙間に入れた。カメラを調整し、それから、森下のスマホを設定し直す。

「なに？」

ぼくは、スマホのカメラを監視カメラがわりにしたのだ。これを、どこか近くの店で見ておけばこんなところにいなくてもいいよ。「え、いいの、山城、スマホ放置してさ」いいよ。とぼくは答えた。正直、きみが逮捕されてから、スマホで調べる必要のある情報なんて一つもなくなってしまったのだ。

カメラに映るアパートには、出入りはいくつかあるものの、岡山が動く様子はなかった。ぼくらはファーストフード店で、フライドポテトをシェアしている。じっと、森下は画面を見つめていた。「今日動かなかったら、どうしよう。強盗したほうがいいかな」どうして。「急いでいるんだよ。早くしないと、まみちゃんが送検されてしまうし」きみはまだ、地元の警察署にいるらしかった。もっと大きな所に連れて行かれるのだと森下は言う。「あ」そのとき、森下は画面に向かって声を上げげた。見ると、アパートの、ちょうど岡山の入った扉が開き、黒い影が外に出て行く。暗くてよくは見えないが、きっと岡山だろう。ぼくよりも先に、森下が立ち上がり、店を飛び出した。

岡山のアパートの前につくと、森下はすぐに、ぼくにビニール袋と輪ゴムを渡した。それで、足と手を包めというのだ。「俺は、窓から中に入るから、山城は俺が玄関の鍵を開けてから中に入って」見ると、たしかに窓が開いている。塀を渡れば入れそうだ。でも、ということは、岡山はすぐ戻ってくるつもりなんじゃないだろうか。「ろくなもの置いてないから、戸締りもいい加減なんだな」ぼくの忠告も無視して、森下は塀を軽々と登っていく。しかたなくぼくも急いで玄関まで行った。

扉が開いたのはすぐだ。森下の合図でそっと部屋に入る。まったく使われていない台所が目の前にあり、それを通り過ぎると、狭い畳の部屋。かびくさいし、床はほとんど見えず、ごみ袋の上に服が重ねられている。森下はすぐに、ベッドの下を指差し、そして小さな箱を取り出した。岡山真実という文字が、ボールペンで書かれている。きみさ、どうやら岡山の中では結婚したことになっているらしいよ。森下がそれを開けると、部屋にくらべてあまりにも几帳面に、ビニール袋が並べられていた。端にはマジックで日付が書かれていて、そして、日付順に並べられている。ティッシュやストローやスプーン。ハンカチもあったし、文房具、それから髪留めもあった。一時期、ラブきみミキサーのメンバーがおそろいでつけていたリストバンドもある。

他の子と区別をつけるためなのか、名前も書いてあった。

「これにしよう」森下はそれを抜き取った。それから、だまったままティッシュの入った袋も2つ引き抜く。そんなにいる？　とぼくは尋ねようと思ったが、そもそも、この殺人の終わりをぼくは知らない。

森下とぼくはそろそろ、と箱を元に戻そうとした。そのとき、着信音が聞こえたのだ。ベッドの布団にくるまれて、スマホが転がっていた。「店」という文字が表示されている。バイト先かなにかだろうか。森下は、ためらわず、そのスマホを手に取った。そして着信がきれたとたん、そのスマホを操作しようとした。パスワードにきみの誕生日を入れると、すぐ開く。

「ほら」

森下は、ぼくに、一枚の写真を見せた。きみがステージに立っている写真だ。かなり下の方から撮って、スカートの中のパニエが見えている。

「盗撮常習犯だったみたいだね」

スマホの写真をずらずらと見ていくが、色んな女の子のそんな写真ばかり並んでいる。ぼくが目をそらしたとたん、森下も「最低だな」と呟いた。が、すぐに、「あれ？」という声が聞こえたのだ。「山城、これさ、まみちゃんの文字じゃない？」見せられたのは、なにかのノートを撮った写真らしかった。たしかに、文字はきみの字に似ている。日付と文章が交互にならんでいるし、きっと日記だろう。森下はそれを、いちまいずつ、カメラで写真に撮り始めた。森下、そろそろ帰ろう。ぼくの声も、無視だ。けれど、もうすぐ岡山が帰ってくるかもしれない。
その危惧は的外れなものだったのだ。ざばざばという、トイレの水を流す音が聞こえたのはその直後。「あれ、お兄ちゃんのお友達ですか？」明るい、女の子の声が背後から聞こえた。と、思った瞬間、森下は、立ち上がり、彼女を押し倒した。振り向いたぼくには、森下に馬乗りにされた女の子の足しか見えない。白いひざまでの靴下。若いはずだ。森下、だめだよ、なにしてるの！　ぼくの声は聞こえないのだろうか。彼はじっと動かない。女の子の声も聞こえない。ぼくはそのとき、女の子の首が絞められているとは思いもよらなかった。

ぼくは、叫んでいたかもしれない、それだけはしなかったかもしれない。気づいたら、部屋から飛び出していた。アパートの階段を下りて、近くの公園まで走ってきていた。森下が追いかけてくるかも、と思ったけれど、連絡はない。ぼくは怖くなった。怖くなって、あの仕掛けていたスマホを回収し、すぐに駅に向かった。森下に会いたくなかった。森下だってぼくに、電話をしようとなんてしてこなかった。町はしずかだったよ。きみのマンションの住人も、そのアパートの住人ですら、だれひとり、部屋からでてこなかった。だれも異変に気づいていなかったよ。川には光がそうめんみたいに流れていた。それだけが、さっきまでと変わらない光景に見えた。ぼくの心臓は、目の奥にあるのかもしれません。脈拍と同じリズムで、目が痛い。

電車に飛び乗る。過ぎ去っていく大崎の町を、見つめていた。あそこに、死体がある、森下がいる。どうしたんだろう。どうするんだろう。森下なら、解体してしまうのかもしれない。そしてまた、明日、警察が発見するんだろうか。森下は、怒っていないだろうか。

きみが殺人なんか出来ないってことを、証明するためだけに、ぼくらは動いていたのに。きみが平凡だということを、証明するためだけに。森下はもう二人も殺したよ。ぼくは見たのに逃げてしまった。ぼくは本当は、気づいていたんじゃないのか。あの女の子を森下が押し倒した瞬間に、あの女の子は死ぬって、気づいたんじゃないのか。ぼくはどうしたらいいんだ。でも、ぼくはあそこで、森下を止めてよかったのか。そうすればあの子はぼくらが泥棒だと気づくだろう。それでいいのか。そしたらきみのえん罪を、ぼくらがでっちあげで証明しようとしていることが、明るみに出るかもしれないんだ。それは避けなければいけない。ぼくは、きみのためにあの女の子を見殺しにしたんだ。

渡瀬が、昨日降りていったあの駅で、ぼくは途中下車をした。彼女は今日も塾に通っている、なんてことはないだろう。英語以外にだって勉強しなければいけない科目はある。ぼくはじっと、ホームのベンチに座って、渡瀬のことを考えていた。写真など持っていないし、顔もほとんど覚えていない。もし、森下が青山を殺したら、渡瀬はどんな気持ちになるんだろう。それにぼくが関わっていたとしたら、少しぐらいは憎んでくれるんだろうか。でもそれはどうしても、ぼくの心を押しつぶすような重さをもっている。ぼくは、渡瀬に無視されたくない。昨日、話しかけてくれたこと、うれしかったと、今、思う。噛み締めて。きっとすぐに渡瀬は忘れる。ぼくとは昨日しか、喋ったことがないのだ。10年後に少しだけでも覚えてくれていたらいいのに、それだけでいいのに。忘れてしまうだろう。ぼくは、憎まれてもいいのに、と思えなかった。それでも、忘れ去られるぐらいなら憎まれたいと、思えなかったぼくは、いくじなしだ。できそこないの魂だ。

終電と言われた電車が、目の前に流れ込む。ぼくは、森下がいないかと、不安に思うが、そんな人はいない。スマホには親からの着信が数件あって、それをすべて無視して、ぼくはメールを送った。少し遅くなる、というだけの無愛想なメールだ。

深夜に、23枚の写真が森下からメールで届けられた。ぼくは、ひらくことが恐ろしかった。それは、きっと、遺体の写真、だと決めつけて、ひらけない。教室で、彼と会ったらなんと言えばいい。彼はぼくに呆れるだろうか、それとも恨んでいるのだろうか。構わないでほしいと、こんな身勝手に、思う人間だなんてぼくは知らなかったんだよ。ごめん、森下。ごめん。

「休むの?」

母が、ふとんにくるまったままのぼくを、ゆさぶったのは朝になってから。もうすぐ、家をでなければいけないのに、ぼくは身動きがとれなかった。今日、学校に行かなければなにもかもおしまいだ、そう言い聞かせても、体が動かない。母にうまく言い訳すらできない。黙り込んでいると、「明日は行くのよ」という声が聞こえた。ぼくは、なにも答えない。

あれから、森下からはなにもメールが来ていない。写真が来たときだって、なにも文章は書かれていなかった。森下は無言で、23枚の写真を送りつけてきたのだ。だからこそその内容を知るのが恐ろしい。それで、彼の心地を、思い知らなくてはいけないなんて。目から心臓から、血が凍っていくかもしれなかった。

11時ごろになると、それでもぼくはふとんから抜け出して、ゲーム機を取り出す。じっと、それを操作していると、母が昼ご飯だと呼びにきた。ぼくがいまだにパジャマでいることを叱ると、用意ができたら下りるように促す。ぼくは、さほどいい子どもではなかったはずだけれど、と思いながら着替えていた。なんだって、母親は優しいのだろうか。じっと、音楽をきくことを、食後にしようかと思う。アイドルではなく、おっさんが、ぼくぐらいのころに作った美しい音楽。きらきらしていて、浮かび上がった風景が見えなくなるような音楽。

　リビングに下りると、テレビがついていて、ちょうどニュース番組だった。あの事件はやはり今でも、メインコンテンツになるらしい。ふと、へんな少年の顔写真が画面一杯に表示された。なに、こいつ。とぼくが声を漏らすと、母親はオムライスを持ってやってくる。「あら、知らないの？　最初の被害者じゃない。ほら、あんたも受験したでしょ、痣山高校の子だって。しかも同い年」それは、近くの高校の名前だった。きみが通うかもしれないと、そこを受けたのに、ぼくは落ちた。運が悪かったんだよ。試験がうまく通らなかった。そのあと、きみが東京に引っ越したと聞いて、逆に安心したんだよ。きみだってどうせ受からなかったんだろ。被害者の名前は、風間裕也というらしい。ぼくは、じっとその写真を見つめた。ゆうちゃん、ときみは確かに言っていた。ぼくはそれで小さな子ども、しかも女の子だと、思っていたのだけれど……もう高校2年の男に、ゆうちゃんなんて言ったんだ。どういう意味だろう、と考えながらそいつの顔を見る。森下ほどではない、と思った。スプーンで、オムライスをすくう。森下ほどではない、森下ほどではない。それだけを思いながら、オムライスを削っていく。「ゆっくり食べなさいよ」そんな声が聞こえた。事件は、進展していないようだった。いまだ、あの女の子は発見されていないらしい。森下はまだ解体できていないんだろうか。だとしたら、どこに死体を隠したんだ？　大崎からここまで、死体を運んでくるのだって大変だろう。もしかしたら現地で、ちょっとだけ解体したんだろうか。気持ちが悪くなって、ぼくはチャンネルを変えた。

へんなワイドショー。どうでもいいスポーツ選手と、タレントの話。そう、わかっているはずだ。けれどぼくはそれから、テレビから離れることが出来なくなったのだ。母親が呆れるほど、ばかばかしいチャンネルに、ばかばかしい番組に、移行していく。ぴくりとも笑わない顔が、テレビの前に転がっている。「疲れてるの？　横になったら？」母の言葉も、無視だ。じっと、タレント達がばかな話をしているのを見ていた。くだらない話、不思議で興味深いまめ知識。ぼくの心がかたかたと、やかんのふたみたいに震えている。こういう世界もあるの、あるのだよ。ぼく、わかって、みていて。何を見た、何を見てきた、何を経験してきた、大丈夫だそれだけじゃない、それだけがすべてじゃない、この世界の、ぼくの人生のすべてではない。どこかではだれかがぼくを含んだ人類を笑わそうと生きている。笑いがある。笑わせようとしてくれている。ぼくがそこにまじってもいいこと。それを見てもいいこと。ぼくはそれを見ていていい、許されている。笑ったっていい。笑うこともいいんだ。ぼくは。

ぼくは泣いている。

すでに、夕方過ぎになっていた。母の声でやっと、テレビから視線をそらすと、母がインターフォンでだれかと話している。

「え？　あら、そうなの？」

「翔太、渡瀬さんっていう女の子が、来てくれたわよ」

母もまた、きょとんとした顔をしていたが、ぼくだってそれは変わらない。

母に渡されたカーディガンをあわてて、羽織って、ぼくは玄関をおそるおそる開けた。本当に、渡瀬がいる。困ったような顔をして、でも、ひとりで、そこに立っている。少しだけ開いた扉に気づいて、手を振ってくれた。ぼくはもう、勇気を出して彼女の前に行くしかない。

「大丈夫？　風邪？」

渡瀬は笑いながら、プリントとノートのコピーを渡してくれた。「ほら、成績優秀者のノートだよ。ありがたくおもえー」そう、いたずらっぽく笑う女の子。ぼくはもう、テレビのなかの明るい世界が結晶になって、人になって、本当に、ぼくだけのために、飛び出してきてくれたような、いいやそんな言い方したらだめなんだってわかっている、渡瀬は、渡瀬として、来てくれたんだろ、わかってるんだ。でもぼくはもう、世界が白と黒にしかみえない。白だ。テレビにしかないと思っていた白が、いま、ぼくのためだけに来てくれた。

「どうしたの？　しんどいの？」

うつむいたぼくに、渡瀬は手を差し出した。ぼくの腕に届くより先に、ぼくは、首を横に振って、わらう。大丈夫だよ、大丈夫。「本当？」すっと戻っていく渡瀬の指先を見ていた。うん。「無理しないでね。あ、えっとね、ごめん、1個あやまりたくて、ここまで来たの」

ぼくが顔を上げると、渡瀬は下唇をかんで、こちらを見つめていた。

「あさってからの修学旅行ね、今日、班分けだったの」

あさって、からだっけ。そもそもそんなこと、すっかり忘れていた。どこ行くんだっけ、とぼくは呟くけど、それに答える余裕も渡瀬にはないみたい。

「ごめん、勝手だとは思うんだけど、山城、私の班に入れちゃって……」

別に、構わなかった。ぼくは組む相手なんていなかったし、いつもどこかの人数の埋め合わせになる。

「あのさ、あとのメンバー、青山と森下と、それと女子の田江田、知ってる？　田江田」

首を横にふる。

「あ、やっぱり？　えっと、私といつも一緒にいる子。わかる？　森下の隣の席の」

それは知っていた。森下のとりまきの一人だ。「青山と森下がね、仲わるいままで、ちょっと私が無理言って、二人に同じ班に入ってもらったの。そしたら、森下が山城にも入ってもらって、って」え？「なんか、じゃないと、青山と一緒にはならない、って言ってた。たぶん、あれじゃない？　男子がもうひとりいたほうが、青山と喋らなくてもやっていけると思ったんでしょ」

森下には、もっと仲のいい男子がいるはずだ。そう思ったけれど、渡瀬はそんなこと考えてもいないらしい。というか、ぼくを森下が指名したこともなんとも思っていないようだった。

「ごめんね、つらかったら、私に言って。だれかと交代してもらうとか、全部私が調整するし」

うなずき、でも、だいじょうぶだよ、と言うと、渡瀬は困ったように微笑むだけだ。ぼくが本心からそれでいいと思っていると、どうやったら伝わるんだろう？　森下と一緒に、いや、渡瀬と一緒に、なりたかったんだと素直に言えばいいのか。へたな嫌味だと、思われるんじゃないだろうか。

渡瀬はあっさりと帰っていった。今日も塾だって、笑って言って。大丈夫なの、こんな寄り道。「うん、今日は数学で、塾が近くだから大丈夫」お礼ばかりを彼女は言う。ぼくもお礼を言うべきだったと、彼女の背中が小さくなってから、気づいてしまった。

翌日、ぼくは学校に行くことにした。スマホを鞄に入れたとき、森下が写真を送ってきたことを思い出す。もう、恐怖はあまりなかった。ニュースでは、まだ新しい死体が見つかったとすら言われていない。電源を入れ、メールをひらいた。

そこにあったのは、部屋で森下が写真を撮っていた「ノートの写真」だった。きみの文字がびっしりと並んでいる。それから、風間くん、ゆうちゃんという言葉が、なんども登場するのを見つけたのだ。きみは、中学時代ゆうちゃんとつきあっていた、ということがわかったし、ゆうちゃんはきみとの昔の写真をいくつも送りつけて、きみを脅迫していたのだということもわかった。へたくそなハートマークから、その写真のふしだらさが推し量れる。きみはそれでそいつを殺そうと決めたのだ、書いたよね。ノートに。殺してやる、って書いたよね。あれさ、冗談だよね、遺体の壊し方とか、パワースポットのメモとか、見えるように森下は写真を撮って送ってきている。警察に、これは渡っていないんだろうか。きみはちゃんと、隠したのだろうか。気づくと、校舎についていた。ぼくは慌てて教室に向かうと、森下を探す。森下がこれを見たとして、きみが本当に人を殺したんだということ、森下が知ったとして、彼はどうするんだ。二人も彼は殺してしまったんだ。

「あ、今日はもう大丈夫なの？」

ふりむくと渡瀬が立っていた。ぼくは、うん、と頷くけれど、彼女が手に持っているものが気になる。「ああ、これ？　栞。明日からの。ほら、山城の分」

差し出された冊子を開くと、手書きで班員の名前が書いてあった。確かに、ぼくと森下と渡瀬、それから青山と田江田だ。

「あ、そうだ、たえちゃん紹介しとくね」

そう、渡瀬は言うと、きっと田江田なのだろう、ひとりの生徒に近づき、話しかける。その人は振り向いた瞬間に、ぼくのことを見てすぐ目をそらした。あきらかにぼくを嫌悪していた。

「山城、明日からたえちゃんも一緒だから。ほら、たえちゃん、挨拶してよ」

「っていうかさ、なんで私、こいつと回らなきゃなんないの？　人数足りないならかずちゃんとか入れたら良かったじゃん」

田江田は、ぼくが班員になったことに納得していない様子だった。いまは、森下もまだ学校に来ていない。

「でも、森下がさあ」

「森下君も意味わかんないよね、なんでこんなやつ。あ、同情したとか？　いっつも一人だし」

「え～、もうたえちゃんひどいんですけどぉ」

渡瀬も、でも笑っていた。そうだ、ぼくが知っている渡瀬はもともとこういうかんじだった。ぼくはいつのまにか、電車で会ったあの渡瀬が渡瀬のすべてだと思い込んでいたのだ。

「とにかくさ、あんた、私には話しかけないでね」

田江田はそう言い放つと、すぐに自分の席に戻っていった。渡瀬も、さっき笑ったことを忘れてしまったんだろうか。なにも言わずに田江田についていく。今日提出の宿題について田江田に聞きたいらしかった。ぼくに、聞けばいいのに。そう思う。

「おはよう」

そのとき、聞き慣れた声。森下が、教室に入ってきたのだ。いつもと変わらない様子。だけど彼は、ぼくにだけ声をかけていた。今まで誰とでも挨拶をかわしていたのに。おはよう。ぼくはそう答えるけれど、遠くから田江田がじっと見つめてくるから落ち着かない。

「昨日どうしたの」

森下は、笑顔のまま、とがめる意図など微塵もないのだろう、そう尋ねた。ぼくは答えられない。お前が人を殺すところを、はじめて見たから、そう答えられない。いや、答えたところで、彼は、その意味を理解するんだろうか。わからなかった。

「明日から一緒の班だから。よろしく」

そしてぼくは、彼と今日も帰ることになってしまった。

朝も昼も夕方も、森下は一人だ。青山も渡瀬も話しかけないし、田江田はずっと見てはいるけど話しかけはしない。昨日、なにかあったのかもしれない。ぼくは放課後すぐ、森下より先に、渡瀬に話しかけた。放課後になったばかりだというのに、渡瀬はもう塾に向かおうとしている。

「なに？　え？　たえちゃん？」

森下が避けられている理由、なんて、おとついの喧嘩のせいなのかもしれないけれど、でも、あの田江田まで遠巻きで見る意味がわからない。

「たえちゃんは昨日、森下に……」言いにくそうな顔をする渡瀬に、ぼくは、いいよ、言って、と言う。「うん、森下にね、たえちゃん、山城を班に入れるのやめろって、言いにいったの。それで、森下がキレちゃって」また？　また、あいつキレたの。だって、きれたことなんて、「そう、なかった。でも、昨日もおとついもちょっと、森下変なの。だから私、森下がそれでもまともにつきあおうとしてるきみが一緒にいたら、いいんじゃないかと思ったんだけど」それって、森下のおもりをぼくがしろ、ってこと？

そう、言ってしまうつもりはなかった。でも、なんだかそれは、ひどく屈辱だった。嘘でも、渡瀬はぼくと一緒に旅をしてもいいと思った、と、言ってほしかった。ぼくに森下を押し付けて、青山とデートするの、そう言いそうになるのを、こらえている。

ぼくは、それだけは、と。「ごめんね」でもなんだか、そこで聞こえた渡瀬の言葉は、すべてを見透かして、言われたように聞こえた。

要するに田江田は、森下にきれられて、怖くなってしまったんだろう。だから馬鹿みたいに話しかけられない。教室の様子からいって、他の生徒もそれを見ていて、森下に惚れ込んでいた女子生徒がみんな、怖くなってしまった。森下君どうしちゃったのかな、機嫌悪いな、下手なこと言わずに、落ち着くのを待とう、とか思っているんだろう。ぼくは、こんなドーナツみたいな教室、前から知っているつもりだった。いつだってその空洞の中にぼくはひとりでいたのだけれど。今は森下がいる。でも、森下は自分でそこに飛び込んだのだ。ずるずるとついてくる未練みたいな女子からの好意を引きちぎって。すべてはきみのために。

渡瀬が気まずそうに教室を出て行くと、森下がちょうど、ぼくの方に近づいてくるのがわかった。あわてて、鞄を机に取りにいくと森下は「帰るか」と、声をかける。首を横に振る権利もない気がして、ぼくは頷いた。

「風邪?」

校舎をでて、校門に向かうあいだ、森下はそう尋ねた。ぼくが、とりあえず頷くと、「お大事に」と笑って言う。こいつ、教室では一度も笑わないのに、とぼくは思う。森下、あの写真、とぼくは呟いた。「ああ、まみちゃんの日記？」うん。ぼくは、あれを見て森下が、いわゆるみじめさというものを、心に刻んでいないか心配だった。「おまえもほしいかと思って、あの日記」

けれど森下はそう言ったのだ。「ファングッズとして最高だよな。わかるよ、あの岡山の気持ち。本当は持って帰りたかったんだろうけど、いくらなんでも問題になると思ったんだろうな。あれ、まみちゃんどうしたんだろう。埋めたのかな……」なんで？「だって、見つかってたら、こんなに長いこと、まみちゃん勾留されないだろ。決定的な証拠なんだから」そう、森下は言う。でもぼくには意味がわからない。森下がそう言ってしまう意味がわからない。だって、そうなったら、このノートを受け入れてしまったら、きみが、殺したってことになるじゃないか。ゆうちゃんをきみが、本当に殺したってことに。えん罪だと思っちゃいけないのか。「人殺し、したってあの子はかわいいし、俺はあの子が好きだし、早く、出してあげたいな。本当にあの子が、えん罪だったなら別の真犯人がいるってことだし、それは、ちょっと不安だし」

きみが真犯人でよかったと、森下は言ったんだよ。

ぼくは森下の言う意味がわからなかった。森下は、日記を見たはずだ。ゆうちゃんとやらときみがつきあっていたことも、ふしだらな写真を撮ったことも、おどされて殺したことも、全部わかっているはずだった。でも笑っていたし、それでも助けたいから人を殺すと言っている。きみのかわりにゆうちゃんを殺した犯人になりたいと彼は心から願っていた。森下、それでも、それでも森下が捕まったら、まみちゃんとはセックスもキスもできないって、わかっているの、愛してもらえないってわかっているの。

「俺はべつに、まみちゃんに恋はしていないよ」

森下はそう言うのだ。

「まみちゃんは、アイドルだろ」

そう言う。

「アイドルって、恋する対象じゃないだろ」

意味がわからない、ぐちゃぐちゃに刻まれて、ボンドでくっつけられたように、手足が重い、内臓が、うらがえるように気持ち悪い。森下、大丈夫かよ、お前、大丈夫なのか、それ、気持ち悪いよ。それで、なんだっていうの。その感情、どこに行くの、どこに行こうとしているんだ、お前。「まみちゃんを早く助けたい、一緒にがんばろうな」

ぼくは、森下の言葉の意味がわからなかった。森下はなにを思っているんだろうか。きみのことをなんだと思っているんだろうか。まるで崇拝するみたいな目をして、きみのなまえを呼んでいた。それで人すら殺せると、言っていた。恋じゃないと、言っていた。きみはアイドルだって言っていた。ぼくはどれも知っている、でも森下みたいな気持ちは知らない。どこにもない、そんな感情ぼくのどこにも、存在していない。森下がねじまがった空間みたいに、そこに立っているんだ。

「ゆうちゃんが同い年の男子だから、そろそろ男子も殺さなきゃ、バランスが取れないかな」

森下は次の被害者を探している。

「そろそろ、俺にもっと近い存在を殺して、俺が犯人だってわかるようにしないと。本当は岡山を殺せたらバランスがよかったんだけど……。あいつ、俺の連絡先を持っているし……足がつきやすかったのに」

そして、おとつい殺したあの少女をどうしたのか、森下はなにも言わない。ぼくは聞きたくもないけれど、勇気を出して口を開いた。森下、あの子はどうしたの、まだ、報道もされていないけど。

「今晩、ばらまきにいくよ。明日から修学旅行だからさ、現場とか見に行きたくならないように、今晩のほうがちょうどいいんだ」

白い足の裏、森下におさえられて、しんでいく少女の足の裏。おぼえている。ぼくはまるで地べたに貼り付いた、毛虫のような心地。思い出している。あの子が死んだのはぼくがでていった後なのか、すでにあのときには死んでいたのか、わからない。想像したくない。森下がこれからそれをどうするのかも、知りたくもなかった。そして目の前の男は、そのことを、どうだっていいと思っている。もう興味がないと、言いたげに、次に殺す人間について話している。

森下、青山を殺すつもりなんじゃなかったの。「うん、そのつもり」それでも、ぼくは何も言えなかった。もうやめようとも、青山はやめようとも、言えなかった。あたりまえのように、森下はそれからすぐぼくに別れの言葉を告げた。今日はどこにも行くつもりはないらしい。ぼくもすぐに家に帰った。


翌日、修学旅行の集合場所である校庭に向かうと、青山はすでに班のならびに立っていた。他には渡瀬と、田江田。森下だけまだ来ていない。

「おはよう、山城」

そう渡瀬だけが声をかけてくるけれど、ぼくはそれどころではなかった。青山が、まだいること、殺されていなかったことに、ぼくはあきらかに落胆したのだ。青山はぼくのほうすら見ない。もともとろくにしゃべったこともないし、死んだって、構わないようにすら思った。渡瀬がすぐに青山の所に戻っていく。それが気に喰わないだけだ。

「おはよう」

そのとき、森下がやってきた。大きな袋を持って、いつも通りの笑顔で。そのころ、スマホをいじっていた生徒が「また人死んだらしいよ」と噂している。パワースポットでの連続殺人が続いているという話だ。

「なに、山城、荷物少ないな」

森下がぼくの荷物を見て呆れて笑う。彼はそれから、青山達には挨拶もせずに、隣にしゃがんだ。出発まで青山と話すつもりもないのだろうか。ぼくなんかと、話をして。田江田とか、と、ぼくはつい口を滑らした。「ん?」田江田とか、話さなくていいの?「いいよ、いつもめんどうだったし、静かなぐらいでちょうどいい」森下はそうあっさり、切り捨てる。


行き先は京都だった。新幹線に乗って、京都駅まで向かうらしい。それから、旅館にまずは荷物を運ぶ。昼食を食べて、全員で清水寺と金閣寺にバスで運ばれていく。

そのあと宿に行って、食事、風呂、睡眠。班が関係するのはバスの席順だけで、ぼくと森下はずっと一緒にされていた。田江田と渡瀬がばかみたいに笑う声と、渡瀬の青山への甘えた声が聞こえてくる。青山はあきらかに、退屈そうでもある。

きみが、京都に行ったことがあるかはわからないけれど、ぼくは退屈だったよ。どの寺も昔両親に連れてこられたことがあったし、今だってまだその価値はわからない。行くなら年寄りになってから行きたいな。バスの窓から見える、さびれた町並みに立ち尽くした中年男性、スーツも着ずにひとりで歩いている男に、ぼくは一番共感をした。森下も、ああいうやつを殺せばいいのに、そんな気持ちと、ぼくもああいう大人になるんだろう、という気持ち。交互にいれかわり、ぼくの瞳の中に夕日の光が差し込んだ。「つまんなかったな」

森下はぼくにきこえるように呟いた。そりゃあ、きみはさ、みんなと喧嘩しちゃったから。そう言うけれど、森下はわかっていないらしい。首を傾げる。「でも、俺の今は、おまえと一緒だし。おまえ、いつもこんなつまんなかったの？」それから、ぼくがなんと答えるのか、森下は純粋に興味があるようだった、そのらんらんとした瞳をぼくは見つめながら、このひとは、あの中年男性をみてもなんともおもわない、と思う。殺してみようとも思わない。たぶん、だけど、森下は楽しそうに生きているやつ以外知らないんだろう。

つまんないよ。

ぼくは言う。彼は、「なんで？　じゃあ、もっと改善しようとしてみたらいいのに」、言う。ぼくは森下の言葉がすべて正しいとわかるし、だからこそ涙が出た。

遠い所で聞こえる声が、どれもだれだかわからない。森下の声も、みんなにまじって、わからない。「うわまじで、泣いてるし」「え、ちょっと、せんせー」「山城なに、空気よんでよ」「京都に感動したとか？　わらえる」その中で一つだけ、針みたいにぼくのあたまを突き刺す声があった。「どうしたの？　山城？　酔った？」それは、渡瀬だ。渡瀬。渡瀬がぼくの顔を覗き込んでいる。ちがう、とぼくは言おうとして、言葉を飲み込み頷いた。酔った、そう思ってもらいたかった。

「先生、山城くん、車酔いです」

渡瀬の言葉を合図に、生徒達の声が静かになり、委員長が先生を呼ぶ。「大丈夫か?」ぼくは頷いた。この騒動が、最初に森下が「え、なんで泣くの⁉」と大声をだしたことによって起きたことは明らかで、けれど、森下はなにも言ってこない。渡瀬は、たぶん、だけど、ぼくが車酔いでないこと、わかっているんだろう。エチケット袋を先生から受け取ると、ぼくの目の前の、座席のポケットに入れて、それからハンカチを差し出した。「これで、拭いて」小声でそう伝える。彼女はぼくが泣いた、ただ泣いた、そうわかっていた。そうわかっていて……ぼくは彼女にありがとうと言うことすらできない。

夜、宿に着くと食事をして、順番に風呂に入っていく。ぼくは、森下とも青山とも時間が合わないように大風呂に入ると、階段下のベンチに座ってスマホを触り続けた。ときどき、生徒が前を通るがだれも話しかけてこない。風呂にいく生徒が多い中、部屋にいればきっと、だれかと二人きりになったりするだろう。それが、怖かった。

「あれ、山城」

そのとき、渡瀬がひとりでぼくの前に現れた。田江田と、風呂にいったんじゃないの？「なんか、たえちゃんは、森下と話があるって」え？「告白じゃない？そういう時間でしょ」渡瀬は、いいの？ぼくはそう、恥ずかしげもなく聞いてしまった。渡瀬は、微笑むだけだ。「……隣、いい？」そしてぼくの隣に座り、単語帳を開く。「部屋で勉強すると、たえちゃんに空気読めないって言われるから」そんなの、気にしなくても。そう言いそうになるけれど、渡瀬がぼくの怠ってきたことを、ずっとずっと気を配ってやってきたことはわかっていた。ああして、ぼくの涙を車酔いにしてくれただけで、彼女の心の機微は見えた気がしたんだ。渡瀬はもうなにも喋らない。ぼくと、話したいとも思わないから勉強もはかどるんだろう。「あれ、山城？」ぼくは部屋に戻るよ。だから、悔しくてそうも言ったけれど、彼女は止めてすらくれなかった。

部屋に戻ると、森下だけが座っている。そして、窓際の椅子に座って、外を見つめていた。森下。とぼくが呼ぶが、彼はなにかをずっと考えているようだ。森下、青山を殺すのはやめよう。ぼくは彼の目の前まで行くと、目を合わすのをやめて言った。

それは本当に突然、浮かんだ言葉で、意思で、なぜ、という問いかけすらやぼな、ぼくの心そのものみたいな言葉だった。全部がそこにあるんだ。それだけだ。いま、渡瀬は単語帳をめくっている。「いいよ」なぜ、とも森下は言わない。

田江田との話はどうしたんだろう。なにを話したんだろう。ふったにしたって、どう言ったのか。部屋に他の誰かが帰ってくる様子もない。あとは別の班の連中と青山がここに割り当てられているけれど、全員風呂に行っているみたいだ。風呂上がりに、青山は渡瀬とあそこで会うんだろうか。渡瀬は、告白するのかな。「誰殺そう」森下はそう考えている。ぼくの喉だけがどんどんとかわいていった。まるで、夏みたいだ。さばくみたいだ。風呂に入ったからだろう、牛乳でも買えばよかった。頭が冷えたのか痛くなって「青山じゃないとしたら、渡瀬かな」渡瀬もやめようよ、と口が滑る。「じゃあ」そうだ、田江田にしておこうよ。田江田でいいじゃん。ぼくの口がそう言ったのだ。それは確かだった。それだけはあきらかだった。「いいよ」森下はそれからまっすぐにこちらを見て言った。別になんとも思っていないんだろう、それだけはわかるし、それだけでぼくは、安心した。

心臓の音がとまらない。ぼくの目の中に、あの白い足の裏。いくつもふみつぶすように、並んでいる。ぼくが選んだのだ、ぼくが殺そうと言ったのだ。提案したのだ。わかっている。いますぐにやめようと、言わなくては、言わなくてはいけないんだ。ひのひかり、窓からさしこみ、目覚めはじめる人たち。森下や青山の声が聞こえる。ぼくはゆっくりと起き上がり、彼らに目を合わせないように、顔を洗いにいった。

2日目は午後が自由行動だった。京都駅を中心として、班で散策をする。ぼくらは、渡瀬の希望で、哲学の道に行くことになっていた。「京都大学めざしてるの、青山」渡瀬はそう小さな声でぼくに教えてくれた。渡瀬は？　と聞かなくても、彼女が東大に行こうとしていることはわかっていた。「だからね、ちかくの空気、吸ってもらいたくて」そのこと、青山は知らないのだろう。地味な銀閣寺に、呆れた顔をしたり、団子を頬張ったり、京大がそばにあるだなんて思いもしないんじゃないだろうか。それから、ぼくは森下がまったく話しかけてこなくなったことに気づいていた。というより、ずっと田江田が、森下のそばにいるのだ。いつもひとりでいることは平気だったし、集団行動にこぶのようについていくのもなれていた。けれど、これはなんだか、いつもより痛む。拒絶されているのだと肌でわかってしまった。

「どうしたの？　山城」

青山のこともほうって、渡瀬はなんどか声をかけてきた。ぼくは、そのたびに、大丈夫と言うけれど、おおよそわかっていたのだろう。渡瀬がぼくに気を配って話しかけている。青山はときどきぼくのほうを見ている。青山のとなりに、行かなくていいの。ぼくは、青山に聞こえないよう呟いた。「え？　行くよ。でも、山城は？」うーん。「青山苦手？」いや、そういうわけじゃないんだけどさ。というより、森下が話してくれなくて……。「森下は、今日はたえちゃんに独占させてあげて。そのかわり、私、相手するから」

急だ、とぼくが息をのんだことに、彼女は気づいていなかった。なぜ、という顔をすると、渡瀬が困った顔をする。「聞いてないの？　ふたり、つきあうことになったって」聞いていない、知らない。わからない。なんで、森下は。なんで。「だから、今日は二人きりにしてあげたくて……」渡瀬の言葉はもう聞こえなかった。青山が、めずらしく渡瀬のことを手招きしている。渡瀬だってそれを、無視するわけがなかった。ぼくはじっと見ていた。森下と渡瀬それぞれのカップルを。じっと見ていた。じっと。ぼくはぼくのままで。

ぼくはその夜も、翌日も、森下とも渡瀬とも、極力話すのをやめた。班行動はもうほとんどなく、クラス毎に動くから都合がよかった。じっと、していると旅行も教室の中と同じだ。ぼくは景色を見ていた。大阪に入っていく。大阪の水族館を見て、お土産を買って、帰るときも、惜しくもさみしくもなく、彼らと同じ席なのにぼくはだまっている。板のようになって。森下だって渡瀬だって気にしているのかいないのか、でも時間が騒々しくて彼らだって流されていったのだ。学校につくと、ぼくはすぐに家に帰った。森下のこともちろん待たずに。森下にぼくが見えているのかすらわからない。前と何一つ変わっていないと、思いながら、母親におみやげの生八つ橋を渡して、泥のように眠る。

母親の声、足音、ドアが閉まる音、それから子ども達の声、鳥の鳴き声、なめらかに朝がまたなだれこんでいて、ぼくはそれでも眠りつづける。今日は、振り替え休日だったはず。

「ごはんよ、起きなさい」

それでも、母親に叩き起こされ、下りるとフレンチトーストが用意されていた。噛み締めながら、テレビを見ている。芸能人のゴシップ情報だ。

「また、起きたんですって」

母がぼくに牛乳をだしながら言った。なに？「ほら、あの殺人事件。あなたのクラスの、田江田さん？っていう子」

ぼくの耳に、女優が俳優とデートしただの、離婚しただのそんな情報が入ってくる。

「ちょうど、連絡網が回ってきて」って、母は言うが、ぼくはなにも、言えない。母親も、ショックを与えまいと思ったのかそれ以上なにも話さなかった。

テレビの、ニュースが怖くなって、ぼくはそれからずっと、古い録画ばかり見ていた。先月で終わったドラマを1話から順番に見て、ちょうどゴシップがでていた女優と俳優が共演しているのを眺める。母親が、すると昼食を運んでくる。

「あの事件、やっぱりあの女の子が犯人じゃないのかもねえ」えん罪だと、ワイドショーでは話題なんだと母親は言う。けれど、ぼくはそのショーを見る気になれない。「早く、真犯人捕まってほしいわね」

森下から連絡はなかった。

ぼくはスマホを見ていた。

ぼくが言ったから、殺したんじゃないよね、と聞きたかったがそれで期待していた答えが得られなかったらぼくはどうするのか、わからない。森下が今どうしているのか、森下は、田江田が好きだったのか、わからない。きみじゃなくて、田江田に恋をしていたのか、両思いってやつだったのか。それでも殺したのか。ぼくが言ったから？　きみを助けるために？　森下はぼくをうらんでいるのか、ぼくが殺したと思っているのか、森下にとって、きみとかぼくとか田江田とかいったいなんなのか、なんでもいいんだろうか。どれでも。

「なに？」

ぼくは森下に電話をしていたのだ。

会える？　とたずねると、「会える」と言う。ぼくらはぼくの家のそばにある小さな神社で待ち合わせをした。

森下は、ジーンズとTシャツを着て、現れた。それなりに距離があるのに歩いてきたらしい。

「どうしたの」

あの、このまえ、田江田に告白されたって、渡瀬が。「ああ、知ってたの？」森下は恥ずかしそうに笑う。頰を赤らめて。「なんだ、恥ずかしいな。ほら、京都で泊ったとき、呼び出されて」それで？「いいよ、って言ったよ」森下は笑っている。照れて笑っている。ぼくはそれから、なにも言えなかった。「別にどっちでもいいと思ったし、どっちでもいいなら、田江田のこと好きなのかもしれないし。いいよ、って言った。あ、もうニュース見た？」ぼくは首を横に振る。「殺しといたよ、田江田」まるで違う人間の話をするみたいに、森下は同じ息を吐いて言ったのだ。え、えっと。「殺しやすかったよ」森下が笑っている。あとひとりだな、と呟いている。「あとひとりで、ちょうどいいんだよ。あのさ、星の形にばらけさせていたからさ、ちょうど、5人殺したら、つじつまもあうし、捕まったときに悪魔を降臨させたとか言いやすいだろ、弁護士が。だからそのつもりで、5人」

もういいんじゃないの、だって、もうぼくの母親まで、疑い始めているし、十分じゃないの、そう言いたかったのに声が出ない。田江田が死んだ。ぼくがさしだした。森下に、青山と渡瀬の代わりにさしだしたのだ。わかる。それだけがわかる。ぼくは逃げた、白い足の裏から、逃げて、逃げて走って、電車に乗って、それなのに、ここにいる、ここで田江田がしんだことをきかされる。首もしめていない、毒ものませていない。でも田江田はぼくのせいでしんだのだ。森下がそんなやつだと知っていたのに、ぼくは、田江田のなまえをあげてしまったのだ。田江田が好きだったの？「まあ、かわいいよね」告白される前から？「それはわかんないけど、嬉しかったし」森下の言葉がぼくのなかでがたがたとふるえている。ぼくは、口を開きかけた、それからまたつばを飲んだ。目が震えて、心臓がこぼれおちて、皮膚に大きな穴があくような気がしていた。あの少女の足がぼくの胴体を突き破って、それからぐるぐるまわる、ぼくをまっぷたつにする。田江田がぼくをみている。ぼくをじっとみている。ぼくはふたつにわかれて、ぐるぐる、空を飛んで、天の上から町を見下ろし、ほら遺体発見現場のパワースポットは空から見ると、ふふふ、星の形に見え、いや見えないよ、ただの四角形だ。ほらふつうの四角がゆがんで、町にぐるぐる。ぼくの心は心臓は肺は胃は背骨は、おかーさんが大事に生んだぼくの骨と臓器がまっぷたつだそれが空を飛んでいる。森下、ぼく、森下、ぼくさ、

「あのさ、山城、最後のひとりなんだけどさ、俺を殺してばらしてくれないかな」

森下は急にそんなことを言う。

きみがそういうことを言われたらどう思うかな。いやきいてみただけだ、ぼくはなんだかそれをちゃんと聞けていなかったらしい。それよりぼくを殺してくれと口走っていたらしくて、森下が困った顔をしている。いいや、森下、だって、お前が死んだらさ、被疑者死亡で、まみちゃんが助かりにくいだろう、とぼくは口走っている。でも、と森下は言うんだけどね。でも、死ぬよりぜったい逮捕されたほうが楽だぜ、未成年だし、ほら、悪魔降臨をめざしたって言いやすくしておいたしさ、どうせならへ

んなメモとかも作ってうまく言い訳できるようにしてやるから。優しい森下。きみはゆうちゃんより森下とつきあうべきだったさ、ぼくは森下のことを見つめながら、でもだめだよ、森下、だめだぼくは、人を切断したことがない、と言った。教えてやるよと、森下は言う。ばれないように運ぶことだって教えるし、そのあとうまく捕まるよう立ち回りも教えてやる。ちゃんと死体のそばにはこのまみちゃんのＤＮＡがふくまれたティッシュを置いておくんだぜとアドバイスもしてくれる。ぼくは違う、と叫んでいるし、だってそんなの、難しいだろ、ぼく、人なんて殺せないし、こわいし、だってまみちゃんはだって、人殺しだったんだろ、結局真犯人だったんだろう、だったらぼくはもう、まみちゃんみたいになれないし、まみちゃんは、ぼくのこと、何とも思わない、ぼくのことを虫けらみたいに思って、気づかない、それからどんどん生きていくんだ、ぼくのことなどなんともおもわないんだ、ぼくはただの凡人なんだよ、わかる、まみちゃんともお前とも違うんだ。違うんだよ、森下。

「なに、お前、まみちゃんに、人を殺してほしくなかったの」

森下はそう尋ねた。あたりまえだろ、とぼく。だって、かなしいだろ、そんなの。

ぼくは、まみちゃんを、ばかにして生きてきたんだ、トップアイドルになれるわけもないのに、必死で生きて、必死で踊って練習して、けなげだな、って誉め称えて生きてきたんだ。それなのに、人殺しなんてそんなことされたら、ぼくはもうけなげとか、がんばってるね、とか言えない、だって、彼女は弱くない、ぼくと違う……。

「つまりまみちゃんにはがんばっていてほしかった、人を殺すようなことはせずに、ずっとがんばってほしかったって、失望したってこと？」

森下は、ぼくの肩をつかんで言った。目を合わせて。ぼくは、答えがわからなかった。

「山城、お前、だいじょうぶだよ、まみちゃんをばかにしたかったなんて、ごまかして言うのはやめなよ。自分を、卑下しなくていいよ。まみちゃんは人殺しだ。人殺しを、かばわなくていい。まみちゃんが悪くて、まみちゃんのせいで、がっかりしたって、言えばいいんだよ、山城」

気づくと、森下の目を見ていた。森下はじっと、ぼくを見ていた。この人がきみにたいして、きみの殺人にたいしてどう思っているのかはわからない。でもぼくは、森下が傷ついていることだけはわかる。それからぼくだって、傷ついたことを。わからないかな、森下は、泣くことなんてなかったけど、ひどく傷ついていたよ。それなのに、ぼくのことを救い上げようとしてくれている。さしだされてわかったよ、あいつの手、血まみれだ。ぼろぼろだ。ぜんぶ、きみのためだったんだよ。あいつ、人なんて殺したくない、殺せない、はずなんだ。あいつ、それを、きみのために、きみのせいで。きみが人を殺したせいで。それでも、それでもぼくはきみが好き。あいつだってきみが好き。ずっときみが大好きで、いつか嘘でも奇跡でもまぐれでもいいから、きみに、武道館に行ってほしかった。そんな夢をみていたんだ。きみみたいに努力もできない、きみみたいに必死になれない、ぼくらが。

「好きなものを、ずっと好きでいる必要はないさ。がっかりしたら、他の女の子を好きになればいいさ。っていうかさ、そもそも、まみちゃんはアイドルだし、好きって言ったってやっぱりそれは、違うんだよ。いい子、いるじゃん、他にもたくさん」

森下の声がぼくのなかで、冷たい水のように入っていく。泉が出来ていく。ぼくはそれをためこもうと、永遠にのこそうと、涙だって流したくなかった。わかっている、それでも、流れていくんだけど。

「わかったよ、俺は、次の人間を決めないし、山城の言う通りにするよ」

そう、小さな声で森下は言ったのだ。

ぼくはきみが好きです。どんなふうに努力しても、大したことにはならない踊りばかりをきみは見せて、歌もそんなにうまくなくて、でも必死でがんばるきみが好きです。がんばって、がんばって、ここまできたんだということ、いつもひりひりと見えていた。かわいいひとなんてたくさんいるけれど、ぼくにとってかわいかったのはきみだけだ。かわいいと、思うこと、がんばってるね、と見ていることが、きみへの侮辱にならないか、きみを人として、アイドルやキャラクターやペットではなく、人として愛せているのか、不安だ。誠実でありたい。ぼくにきみの生き方を、がんばりを、誉め称える権利なんてあるんだろうか、愛する権利なんて。なにもない青春だった、きみを見つめる以外なにもない、でも、それでもどうしようもなく、どんな形になろうとも、きみがなにを思って、どんな生活をして、生きているかなんて関係ないぐらい、きみの努力に愛を、愛を、そそげたらよかった。そんなものがぼくのなかにあるなら。

きみが好きです。かわいいだけの、かわいい、たったひとりのきみが好きです。きみがなにを得られるのか、なにを笑っていくのか、わからない。きみがこれから、釈放されて、えん罪ということになって、またアイドルにもどるのか、それとも死んでしまうのか、苦しむのか、悲しむのか、ぼくのことをただの被害者だと、森下を軽蔑するのかわからないけれど。ぼくはきみのことが好きで、恨んでもいない。ほんとうは、ただまっすぐに努力をしてアイドルとして、階段をのぼって、失敗しても成功しても、ここまでやったもんね、って言ってほしかった、ありがとうなんていらないし、ぼくはその姿にありがとうと言いたかった。きみにありがとうと伝えて、それできみがちょっとでも、やってよかったとおもえるように、伝えたかったんだ。きみの微笑み、きみの努力、汗、涙、なにかがたくさんふりつもって、できていた、きみ。今だって十分に、きみに言える。ありがとう。好きです。

森下がきみの代わりに犯罪を、せおってくれます。あした自首するそうです。ぼくはもうきっと、きみのポストにこの手紙が届いて、きみが釈放されそれを読むころには、死んでしまっているでしょう。ばらばらになって、パワースポットに。それできみはなんとも思わないのかもしれない、かわいそう、と思うのかもしれない。頭のおかしい森下とかいう男に殺された気の毒な男だと思うのかもしれない。それでいいです。きみは深く考えず、どうか、生きて。ながく、遠くまで。ぼくがそう書けるのは、きみが、かわいいから、かわいいぼくのアイドルだから。きみのせいで死ぬだなんて言わない。きみを軽蔑などしない。きみなら、なれる、すばらしいアイドルに。いつかだれかに、また、ありがとうと言われるアイドルになってください。ぼくは地獄に行ってきます。地獄からきみを、応援しています。

山城翔太

正しさの季節

8月14日　晴れ（東京は雨）

昔、読んだ英文だったか現代文だったかで、17歳は人でなしになるんだって読んだ。人でなしになって、星か獣になるんだって。今になって、2年が経って、あいつは星で、あの子は獣だって思える。自分のことだけは、今でも少しもわからない。

クラスメイトが連続殺人犯だった青春時代を経験した19歳なんてそんなにいないだろう。大学で知り合った子はたいていみんな、真面目に生きてきていて、恋とか友情とかそういうの、漫画をある程度劣化させたかんじで経験している。私が話す過去もそういうことに合わせて語られる。決して、親友がクラスメイトに殺されたことがあるんだ、なんて言わない。空気読むんだ、一応ね。

「大学生活はどう」

焼けて、溶けて、アスファルトに溶けて、すべって、川になりそうなぐらい、半分海に沈んだような夏の故郷だった。今日は、かわいいワンピースも着ずに、ジーンズとTシャツを適当に選んで、化粧も薄め。目の前の彼は、それで少し安心したらしい。

「まあ、普通かな」

「そう。長いこと帰ってこなかったから、楽しいのかと思った」

この人を、サークルのメンバーにもバイト先の先輩にも紹介することは永遠にないだろう、と思いながら見つめる。親友を殺したクラスメイトの、親友です。なんて、言えないもんね。あと、昔好きだった人。

「なに、待っててくれたの？」

「待ってないけど」

そもそも、彼やこの町に、私はもう会いたくなかった。

「なんであんなこと、言ったの」

あの記事を読むまでは。

目の前にいる青山。小学校の頃からずっと、同じ学校に通っていた。彼が私の存在をどれぐらいの時期に認識したのかはわからなかったけれど、私は、青山のことはよく知っていた。誰かの言葉で笑っている所を、よく見る人だった。「聞かれたから」私の質問に、青山は答える。あの記事。記事。最低な、青山が週刊誌のインタビューに答えた記事。私は先週読んでしまった。連続殺人犯、狂気の17歳、少年A、違う、私も青山も彼のことは森下と呼べる。抹茶パフェが好きな森下。人気者だった森下。私も、彼のことをずっと、知っていた。小学校の頃から優しくて、人気者で、イケメンで、足が速くて成績が良くて……。「森下が、優しくて人気者でイケメンで、足が速くて成績が良くてなんて、言う必要のないことじゃない」

私は青山にどなった。

「ごめん」

「ごめんって、何？　何に対して」

「被害者に対して申し訳ない……って言ってほしいんだろう」

「そうだよ」

「でも、それ、渡瀬の本音じゃないよな、だったら渡瀬関係ないもんな。渡瀬が嫌だったんだろう。渡瀬自身が俺の態度にむかついたんだろ」

「違う、そうじゃない」

「そうだよ」

私の頬に今更、粒になった汗が滑り落ちていく。ハンカチで拭いて、それ越しで彼を見た。青山はまっすぐに、私を見ている。ちっとも笑わない。ごまかすにも、見下すのにも、笑顔を使う人だったのに。朝、青山の高校時代の携帯番号にかけたら、運良く繋がって、それで昼に待ち合わせをした。高校のそばにある、小さな喫茶店、店長のおばあさんと、客の私達ふたりだけ。クーラーは効いているけれど、胸の奥に太陽がこびりついている。熱した体を自動ドアにくぐらせて、席にぽつんと座っている青山を見つけた瞬間、こんなに、無表情な人だったっけ、と思ったんだ。「むかつくならむかつくって言えよ。そういう人間だったじゃん、お前」

だけど、青山は私が変わってしまったかのように言う。どっちが変わったかなんてどうだっていいじゃん、それになんの意味があるの、と思っても、私の意思は彼には無意味で、彼の意思も私には無意味だ。

青山の一番の友達は、小学校の頃から森下だったらしい。正直、親友が人殺しだったなんて、想像がつかないし、青山だって、親友をクラスメイトに殺された私の気持ちなんてわからないよね。森下の気持ちなんてもっともっとわからない。5人を殺して、ばらばらにして、好きなアイドルに振り向いて欲しかったとか言っているらしいし、これ、想像したらだめな類だよね。青山は森下が自首をしてから数日間、学校に来なかった。友達として警察に呼ばれて、いろいろ話も聞かれたらしいけれど、それより長い間来なかった。警察に後で聞いた限りでは、「親友の青山君ですら何も知らなかった」らしいのだし、だからこそ私も警察に念入りに事情聴取されたのだ。私は塾があるから、できるだけ土日、さらには模試がない日に警察に行った。

「森下君とは、昔から仲が良かった？」

「小学校の頃は別に。中学2年生のときに委員会が一緒になって、話すことが増えました」

「山城君は？」

「え？」

最後に殺された山城のこと、かわいそうだと思っているけれど、私は警察の問いかけに一瞬言葉を失った。不意打ちだった。たえちゃんだって殺されたし、たえちゃんは山城と違って私の親友で、そんなことクラスの人間関係を調べればすぐにわかるはずなのに、なぜ最初に聞くのが山城のことなんだろう。そんなことをなぜか、冷静に考えた。私にとって、一番つらいのはたえちゃんの死なのだろう。そう、気づく。命を順位づけしていたんだ。そう、思い知る。目が、急に乾き始めた。

「山城君。修学旅行の班に彼を入れたのは君だって聞いたけど」

「ああ、森下が、山城も一緒がいいって言ったんです」

まるで脳が心臓になったみたいに、心臓の音が近くに聞こえた。耳の裏がぴくぴく、鼓動の震え。私は、この大人たちの前で、冷静に、正しくなければならなくて、深く息を吐いて、目を閉じて、すぐに心を立て直した。

「前から仲良かったの、彼ら」

「さあ……、でも最近は山城と森下は一緒に下校していましたね」

「急に、二人が仲良くなったってこと？」

別に、森下においてはそんなの、珍しいことではなかった。私の中で、森下はだれにだってやさしいし、だれにだって同じ顔を向ける。だから、山城と急に一緒にいるようになっても、風が今日は南から吹いている、みたいなことだ。私みたいに、差別するようなことを森下はしない。

でも、そんなこと、このおじさんにはわからないのだろう。「なぜ急に仲良くなったのかわかる？」

「別に理由なんてないんじゃないですか」

「そんなことはないだろう」

「ちなみに、森下君がアイドルのファンだったのは知っている？」

「……知りません」

「山城君については？」

「私、山城とそんなに話したわけではないので」

山城は見た目からしてアイドルファンだろう、そう思って、この人は私に聞いているのだろうか。だとしたら最低で、そうじゃないなら別にいいけど、と、悪態だとわかっていながら私は唇をとがらせた。山城の好きなものなんて、知らない。昔から知っているのに、私は、森下のことだってよくわかっていなかったのだ。

小学校の頃から、森下と青山は、よく喧嘩をしていた。というより、青山が一方的に怒りを森下にぶつけていた。小学校の頃はそれが頻繁で、青山が約束を破られたとか、知らない間に森下が別の子と学習旅行の班になったからとか、そういう、女子みたいな理由ではじまり、結局、青山が一方的に暴力を振るっておしまい。けれど青山にも、一方的に約束を破る癖があり、それを森下は笑顔で流していた。

執着のバランスがおかしかった。そして、私たちはそんな歪な関係がなりたつ青山は、きっと森下と一番の友達なんだろうと思っていたのだ。青山だって、きっと、そう思っていた。そして、森下一人だけがそうは思っていなかった。そのことがなぜか、肌にしっかりとまとわりついた膜のように、私の頭に駆け巡る。

「森下は」

「え?」

「誰とでも仲良くなりますよ」

私がそれを、どんな顔で言ったのかはわからない。鏡なんてなかったし、悪口を言う時の顔って、とても醜いって隣の家のお姉さんが言っていたな、そういえば。目の前の刑事が少し身体を乗り出すのが、目を伏せていてもわかった。「それはどういうこと?」

「森下はいいやつなんです」

マスコミに流すほどの情報ではなかったんだろう。第三者は誰も知らない。でも、私たち、森下のクラスメイトはみんな、事情聴取でそう言った。確かめ合わなくったってわかってしまった。

いいやつという言葉が、ただただ無条件でいい言葉だと、思うのは私たちだけらしくて、そうだな、やっぱりいいやつだと言われるやつが人を殺したりすると、むしろその異常性が際立ってしまうらしい。私たちは森下を追い詰めるつもりなんて微塵もなかった。なかったのに、「もっと詳しく聞きたい」なんておじさんは言う。

「もっとって、なにがです」

「いいやつ、っていうのはどういうことがあって、思うようになったの」

「いや別に、普通に……」

「上っ面だった、とか、ただ口がうまかっただけとか」

「……」

悪いように言うことは簡単だ。森下は誰のことも悪く言わなかったし、誰かの行為をたしなめるようなこともしなかった。不干渉で、寛容で。でもそれは、冷たさや無関心とも言える。

「無関心だっただけ、ということは?」

「……違います」

「本当?」

意地になったって、仕方がない。私は、誰をかばっているのだろう。森下という人は、たえちゃんを殺した、山城を殺した。石を投げよう。これまでどんなに優しくされたって、テストで失敗して、帰り道、落ち込んだ私にパフェをおごってくれた森下のことなんて忘れて、あんなの上っ面ですよ、って言ってしまえばいいのだ。誰もがそれを望んでいる。きっと、森下だって、私がどう言おうが構わないと思っている。

星か獣になる。17歳になると。勉強中、どこかで読んだその言葉を思い出していた。星でも獣でもなく、ここで必死で、人になろうとしている自分のことを、まるで第三者みたいに見ていた。守ろうとしているものが、「人らしさ」であるなら、それは、結局自己愛なんだろうか？

「……いや、わからないです……嘘くさいところも、あったかも……」

「そう」

刑事は少しだけ満足そうに頷いた。単純にいいやつである森下は人を殺さない。そんなことは私でもわかっていた。そうでないから殺したのだ。そう、考えるのが一番だった。息をするため、明日も、明後日も。

「青山、警察に呼ばれたときも、同じ話をしたの」

私はふと、目の前に座る青山に尋ねた。彼は、不穏な空気を忘れたみたいな私を怪訝な顔で見つめる。

「なに」

「事情聴取されたでしょ?」

「ああ」

「森下のこと、週刊誌に話したみたいに話したの」

「うん」

私は鞄からその週刊誌を取り出した。表紙には、猟奇的殺人犯・少年Aの意外な過去、というおおきな文字と、森下のあの端正な顔に黒い線がひかれた写真が並んでいる。私たちはこの黒い線の奥にある二重のきれいな目を知っていた。私たちは、この瞳に映っていた。

「持ってきたの?」

少しだけ青山は不快そうな顔をした。私はそれを無視し、ページを開く。親友Bが語る少年Aの過去という特集記事で、森下が今まで小中高でどんな生活をしてきたかが淡々と書かれている。

「これ、全部本当なの?」

「知ってるだろ、本当だよ」

「昔は森下とそんなに話さなかったし、よく知らないよ。あと、誇張とか？」

「そりゃあ、されてはいるけど……」

親友B曰く、少年Aは小学校の頃からクラスの人気者で、女の子にはモテ、男の子にも慕われていたという。象徴的な話としては、学校行事の班分けではいつも少年Aをどの班に入れるかで取り合いになり、少年Aはまた、自分でどこに行きたいと主張しないため、生徒同士がひどい対立をしたことがあった。「また、少年Aは自分のものを躊躇なく他人に譲ってしまう癖があり、ゲームソフトなど高価なものまで他人にあげてしまおうとするので、親友Bはそれを止めたことが多々あると話した。……これ本当？」

「本当。渡瀬ももらったことあるだろ、森下に、本とか、文房具とか」

「ああ。消しゴムとか借りると、あげる、ってすぐ言ったよね。でもさ、私は返したよ。みんなはもらってたけど」「なんかだんだん、返すのが面倒になるんだよなあ、森下って。悪気も何もないからさ、断るたびにあいつ、落ち込むし」

「うんうん、そんなかんじだった。あれ？　でも、青山も毎回、断ってたじゃん」

私の言葉に青山は少し、目を見開く。

「なに、知ってるの？」

「うん」

私が青山を気にしたのも、小学生の頃、教室で男子が人気の鉛筆を森下からもらっていたのを見たのが最初だった。そのなかの青山だけがあとでこっそり森下の机に置いて返していた。森下は席に戻ってすぐ、その鉛筆を見つけて首を傾げていた。誰がなんのつもりで鉛筆を返してきたのか、そんなことも森下にはわからなかったのかもしれない。

「青山ってちゃんとしているんだな、って……思ったよ」

私の言葉に青山は私から目を背け、アイスコーヒーを飲む。「とにかくさ、ものをあげちゃう話とか、警察にもしたよ。でも、人に好かれる為に物を配っているんだとしか思ってくれなくて、それが嫌だった」

青山の指が弧をえがくように動く。

「へえ……だから、別の人に話したの？」

「なんていうか……森下はさ、誰かのために行動することを当たり前だと思っているやつだったんだよ。道徳的にふるまおうとか、そんな意思はなくてさ、ただそうするのが当たり前だと思っているやつで、自分が損をするとは思ってなかった。鉛筆だって、みんなが喜ぶなら自分は持たなくていいと思っているやつだった。ちゃんと小遣いで、買ってたんだよ。あいつ。まあ、でも、中学になるとさ、いくらなんでもみんなも本当にもらおうなんてしないし、するやつはちょっと変なやつばっかりだし」

「うん」

青山は思い切ったように頷いた。「森下は悪いやつじゃないよ」

「でも人は殺したんでしょう?」

「そうだよ」

「5人も」

「そうだよ」そうして、手で頭を覆い、うつむく。

私も、青山もばかじゃないし、森下の親でもないし、森下のことを無実だと信じたりなんてしない。だって、本人が自首したのだ。そして今は、森下は牢屋の中。

「やっぱり、よくないことだと思う」

「……」

「遺族の人だって、記事を見たら、傷つくかもしれないし……」

「……」

「青山、もう、2年もたったんだよ」

私はそう言った。青山にその言葉が何の意味もなさないことはわかっていた。手で覆われて彼の目は見えない。その手が強く彼の頭をかきむしった。それから、うめくような低い声が聞こえる。

「お前冷たいよ」

「え？」

「なんで普通に受験できるの、なんで合格できるわけ」

青山は急に早口になった。そして、ふと、私は青山のことがずっと前、好きだった、と思う。

「普通さ、こんなことあったら勉強なんてできないし、受験なんてやってらんないじゃん」

「だけど受験は待ってくれないし」

「でもさ」

青山の手の甲に、静脈が浮いている。きゅっと浮き上がっては消え、また強まる。ここで、呼吸をしているみたいだ。「冷たいよ」

彼はまるで、それが正義みたいに言った。まばたきが止まらなくて、私は音をたてないよう、深呼吸をする。意味わかんない、なにそれ、急に。そう言ってしまうのは簡単だけれど、でも、一方で乱暴な範囲で、青山の言いたいことはわかってしまっていた。

「青山？」

私はたしなめるつもりで名前を呼んだ。けれど、彼は止まらない。

「最低だよ。最低だよ、渡瀬」

青山、きみが正しいかどうかなんて私には関係がない。どちらが正しいかなんて、関係がない。正しくたって他人を傷つける権利はないからだ。わかるのはそれだけだ。

きみが私を傷つけて、それで受験や浪人であることの苦しみや辛さが解消されるならしたらいいさ。でもそこに正しさを持ち出すのは違う。批判するそのむなしさの責任すらも私に押し付けるのは違う。それで自分の暴力を、正当化するのは違う。正しさなんて暴力には何一つ関係がない。

「……」

関係がないんだよ。自分が正しいかどうかなんて、こだわっているうちは話ができない。青山は、私の顔を見て、吐き捨てるように呟いた。「ほら、すぐ泣く」

熱い、夏とは違う温度をもったものが頬を走って、テーブルに落ちる。青山のため息が聞こえた。わかってない、青山はちっともわかってない。動揺でもないし、恐怖でもなく、ただ、それ以外に術がなかった。私の感情をぶつける方法が。あとは青山に、目の前の氷水をかけて、逃げるぐらいしかない。それをしないのは、ただただ、プライドの問題だ。

「渡瀬」

お前みたいにはならない、そう思って見つめていた青山がやっとまっすぐに私の目を見た。ため息を長くして、それからのことだ。

「……なに？」

「お前、俺のこと今でも好きなの？」

黒い息を吐くように、実際は透明な息を吐いて彼は言った。

「……は？」

「昔、バレンタインくれたじゃん」

指が回る。私の眼の前で、どんどん青山が指を折って数える。

「だからなに」

「俺、つきあってやってもいいよ？」

「……はあ？」

この人のことを、好きだと思っていたこともあった。それは別に、いまだって変わらない。森下のことを追いかけ続けて、それでいて少しも森下の特別にはならなかった彼は、他から見ればみじめな存在で森下がいなければあいつなんて、と思っているクラスメイトはたくさんいた。私は、そうやって他人をランク付けしかできない連中が嫌いで、でも、しかたないか、私たち未熟だもんね、って考えていた。青山はそのことに気づかなかった。だれかが自分をばかにしてそれでストレス解消しているだなんて、考えも及ばなかったし、まさか森下となかよくしているのが自分のランク付けの為だと言われているなんて、想像もできなかったんだ。そういう青山を、私が、嫌うわけもない。

「……絶対嫌だ」

だから私は言った。そう答えた。心臓がひっくり返って、裏返って、血が身体中から飛び出して白い床に落ちて私は消えた気がした。からっぽの枯れた内臓が、とくとくと椅子に座って揺れている。鼓動のつもり。それで生きているつもり。そんなかんじだ。私、ここで、水を青山にかけなくちゃ、いけないんじゃないか。

「え、なんで？」

青山はまばたきをして、不思議そうに私を見ている。

「もう、俺のこと嫌いになった？」

「そうじゃなくて」

「えー、じゃあ、どうして?」

だって、お前、私のこと好きじゃないじゃん、って、私に言わせる気なの。お前。

時々白い風みたいなものが、目の前を横切る。それはこの町では夏によく起こる砂嵐で、東京にでてから見なくなった。東京出身の友達はそんなの知らない、って言うし、私はそれなのに、頻繁にそれを東京で見ていた。幻覚だったのかもしれない。いまでも、掃除当番を忘れて帰宅してしまった、そんな夢を定期的に見る。

手のひらには空になったコップがあった。

水が私の指から小さな雨みたいに滑りおちて、テーブルに広がる。目の前で店のおばあさんに借りたタオルで顔を拭く青山。

「……」

彼はなにも言わない。

私は、なんで逃げなかったんだろう。水をかけたのは絶対私だ。青山は沈黙。私はなにか言わないと、いけなかった。謝るべき？　なら最初からかけなきゃいいじゃん。なんで、こんなめんどうなことしちゃったんだろう。

「……」

急にめんどうになる。

なんでこんなところに来たんだろう。なんで青山に今更会おうと思ったんだろう。雑誌なんて無視すりゃいいじゃん。遺族に悪いだなんて、思ったってそれがすべてなわけじゃないじゃん。好奇心とかそういう……。

「……なに」

青山が私の言葉を待たずに呟いた。

「っていうか、青山、なんで、怒らないの」

「……お前、怒らせたいの？」

不思議なぐらい、彼は落ち着いていた。私はそれを見て、あきらかに安心したし、その姿を期待して、逃げなかったのかもしれない。なんて、都合のいいことを思う。

「……これでマジギレされたら、もうさっさと帰ろうと思ったんだよ」

思いもよらないことをさらさらと私は言う。いや、これが本音なのかもしれない。

「は？」

「私は森下の話をしに来たの、週刊誌の話。ね？　つきあうとかつきあわないとかそういう話じゃないの。おかしいじゃん。おかしいって、青山わかってんでしょ。だから、今、怒らなかったんでしょ」

「うん、わかってるよ」

「ああ、あっさり認めたね」

「あとは、このアイスコーヒーぐらいしかかけるものがないからね」

青山は半笑いで、自分のコーヒーを指差す。「コーヒーって取れないらしいし」

「うん」

「……渡瀬は、遺族に悪いと思ったからここまで来たんだろ」

彼はそれを、私から目をそらして、ぽつりとつぶやく。水を指でなぞり、テーブルにまっすぐ横線を引いて、私と彼の陣地がそれぞれできあがる。

「……うん」

「もう、そこは否定しないよ。それでいいよ。で、さ、俺は、冷たいと思ったんだよ、お前が合格したって聞いて」

「……」

「そう思ってなきゃやってられないんだよ。そうじゃないなら、お前は俺のことが好きだって、顔しててくれよ、わかる？」

「……青山？」

「浪人したよ、前期も後期も、かすりすらしなかったよ。いまだってC判定だしさ、同級生は事件のせいでほとんどここに残っていない。先生も実家を継ぐとかで辞めたし、母親は弟の中学受験にかかりきりだ」

おばあさんが布巾で、水を拭きにくる。私は言葉を飲み込むが、青山はそのまま話し続ける。

「慶應行けばよかった、受かったんだし。よくわかんない学部だったし、なんか私立って高いし、それでも行けばよかった。でも、それを蹴ってここにいるんだし、母親はそれに反対したんだし、金つかって予備校に行くこともできやしない。暑中見舞いでスキューバしてる石井の写真、見てさ、なんかもう俺、去年までの時間を思い出して、それで食いつなぐこと、無理だわって気づいたんだ……」

ふ、と彼は眉をあげて、私の顔を見た。なんだか幼い頃の青山を思い出す。森下を殴っていた頃の。

「受かってたら私とつきあわないでしょ」

私は、なぜか笑い返していた。

「……うん」

気まずそうに青山は頷く。私はもっとおかしくて、頬の肉がひきつる。

「都合がいいのかな？　私が、ここにいて、合格したことをおとなしく批判されていたら。私が未だに青山のことが大好きな女子高生でいたら。青山の浪人生活に都合がいいの？　サンドバッグ？　ねえ、私のことサンドバッグだと思ってる？」

「でもお前だって」

もう、テーブルに、あの水の線は残っていなかった。青山はこちらを見ていた。私

は、

「私は、この記事を見て傷ついたよ。悲しかったよ。だってたえちゃん死んだんだもん」

息を吐く、内臓を吐く、ように告げたのだ。

「……」

青山は黙っていた。私は、そしてテーブルの上の週刊誌を叩いた。紙がしめっていて、手のひらにくっつく。

「むかつくから来たんだろ、って言ったね。そうだよ。遺族の気持ちなんて関係がないよ。私はまだ2年しかたたないのに、もう森下をかばうひとが現れて、うんざりしたんだよ、ねえ、私だって、インタビュー受けれるもんなら受けたい、なんの情報価値もないし、だれも聞きにこないけど、受けたいよ、喋りたいよ。なきたい、私だってたえちゃんをどうして殺したのよって、森下に叫びたい、青山にだって叫びたい。あんた知らないかもしれないけど、たえちゃんと私はそりゃ、小学校からの友達ってわけじゃないけど、仲良かったんだよ、秘密だってたくさん共有していた、たえちゃんは森下のお嫁さんになりたいって、本気で言ってたんだよ。片思いでこんなに、素直に夢見れるもんなんだねって、そのとき私は半分馬鹿にしていて半分羨んでいた。たえちゃんは指が細くて、羨ましくて、私もたえちゃんみたいになりたいって言ったら、でも、私あきちゃんみたいに足長くないしって、たえちゃん言ってた。その話、青山、なんにも思わないよね、大したことない話だよね、でも私はそれを誰かに聞いてもらいたい、本当は、なんなの、って言いたい。悲しくもない辛くもない苦しくもない、たえちゃんに比べたらどれも全然そんなんじゃない、私の気持ちを吐き出してくれる言葉なんてないんだよ。だから叫べないのに、青山」

「俺は」

そのとき、青山の携帯が鳴った。

「とりなよ」って、私が青山の動きを待たずに言った。

「……でも、知らない番号なんだけど」

「とりなよ」

もはや、青山はだまって受話ボタンを押す。

「はい。……は？　えっと……はい、そうです。なんでわかったんですか？　え？　今……、わかりました、え、なにを目印にしたらいいですか？　はい……」

そうしてすぐ電話を切る。

「なに、どうしたの」

「被害者の遺族が電話してきた」

「は？」

「この記事、見たんだって」

「……ふうん」

「悪かったよ」

青山はそう呟いた。

「記事も、つきあうとかそういう話も。……ごめん」

私は何も言わなかった。ただ、小さく頷いた。

青山は、電話の相手がこの町に来ている、と告げた。

「いますぐ、俺たちの母校にこいってさ。悪いけど、行ってくるよ」

「私も行くよ」

「なんで」

「心配」

森下を誉め称えたあの記事は、どう見たって被害者の遺族には不快だ。殴られに行くようなものじゃないか。

「ついてくるのは勝手だけど、どうなっても知らないからな」

青山はそう言って、注文票のプレートを手に取る。「青山」私は財布を取り出して、自分の分の小銭を押し付ける。「え、おい」青山はなにか言おうとしたけれど、私はそのまま店を出た。

小さな頃、かぶらされた麦わら帽子の影みたいに、私の瞳にだけ雨よけのガードの影が落ちている。じりじりという暑さの音が、肌なのか鼓膜なのか、わからない部分に響いていた。遅れて、青山が出てくる。なにかにぶつかったみたいに、暑さに顔をしかめる青山。私は笑いかけの目元に手をかざして光のつまったアスファルトに飛び出した。

「学校なんて行くの久しぶり」

「夏休みだから人もいないだろうしな」

青山は高校時代には見たことがない、襟のついたシャツを着ていて、落ち着いたように見える。ジーンズも穴があいていなかった。

「青山は行かないの？　学校、近いのに」

「そんな暇ないよ」

青山は、口を尖らせ、それでも少し笑って答えた。


校門までの坂を上り始めると、何人か在校生らしき生徒が自転車で下っていった。私たちのことを少し見て、それからそのまますれ違う。部活で来ているだけだからみんな私服で来ていて、私たちのことなんか気づかないみたいだ。

「俺、ここ、歩いて上るの初めてだ」

「私はいつも上ってたよ」

「自転車だって大変なんだよ」

「うん、坂道だもんね」

青山のシャツはすっかり乾いて、もう水をかけたことすら彼は忘れているかもしれない。

校門が少し近づいてきた頃、坂道の隅で誰かが座り込んでいるのを見つけた。緑色のTシャツの上からでも、肩が骨張っているのがわかる。やせほそった男が背中を向けて、座り込んでいた。

「あの」

迷わず、彼に声をかけたのは青山だ。

「お前が青山？」

彼はひょろりと身体を持ち上げるように起こすと、青山のことをまっすぐ見つめた。頬はこけて、目はぎょろりと青山を見つめている。

「はい」

「ああ、はじめまして。電話した岡山です」

岡山。３人目の被害者の名前だ。

「……こいつは？」

岡山はなんの躊躇もなく、私のことを指差した。

「あ、えっと」

「彼女？」

「違います。高校の同級生で、ちょうどさっきまで会ってたんです」

「じゃあ、事件のこと、詳しいわけ？」

「自信はないですけど……」

私の答えに、岡山は小さく舌打ちをし、もうなにも返事をしなかった。坂の先を見上げ、伸びをする。

「ここが、お前らの学校だよな？」

「はい」

私は青山の代わりに返事をした。

「教室、入れるの？　ほら、お前らが事件の時にいた教室とか」

「夏休みなんで、難しいかもです」

「……お前さ、ぼくとこいつがなんで会っているかわかっているわけ？」

校舎を見上げたまま、岡山は一息でそう呟いた。私に、尋ねているのは言葉からわかる。でも、彼は私を見ない。

「……わかってます」

「週刊誌見た？　どう思った？」

「あまり良くないんじゃないかと思いました」

「へえ？」

岡山はばかにしたように振り向いた。「なんで？　部外者なのによくそんなこと思えるな？　細かく説明してみろよ、青山はだって、友達の思い出を語っただけだぞ？　なんで、それで、良くないって思ったわけ？　何様のつもりだよ？」

ぎょろりとした目。意味がないクエッションマーク、私への視線、私に選択肢がひとつもないんだ、わかる、目が、私の目が彼につられたように、見開かれて、息が口からしかできなくなっていく、口の天井が乾いて痛む、ひきつる、喉の奥で誰かが、私みたいな誰かが押し流されそうになるのをさけんでいるみたいだ。ひっかかれる、喉が、奥がひっかかれるように熱い。急に、肩が誰かにひかれた。「渡瀬は、本当に俺に、あんな記事、やめるべきだったたって言いにきたんですよ、その場しのぎで言っているんじゃないです」青山の声だ。私の肩をつかんでいるのも青山だ。

青山は私ではなく、岡山を見ている。「は?」「渡瀬は、悪気ないんです」「なくったって、ぼくが傷ついたら、こいつは謝罪するべきだろ」「なにに」「部外者が気軽に割り込むな、って話だよ」「本気でそう思ってます?」「はあ? お前、なに? ぼくにそういう態度とれるわけ?」「青山!」私はあわてて、青山の口を手のひらでふさいだ。

「すみません、軽率なこと言っているのはわかります。私が部外者なのは確かです。すみません」

「ああ、うん」

岡山は急激におとなしくなる。そして顔をぎゅっとした。笑っているつもりなのかもしれない。「さっき、中に入ろうとしたら守衛に止められたんだ。せっかく来たのにさ。どっか、このへんに店とかないの」そして、校門とは逆の方向に歩き出す。

「だったらさっきの喫茶店に来てもらえば良かった」「あ?」青山の言葉にまた岡山は眉をひそめる。でも、青山はそれを無視する。

「あの、岡山さんって、どういう……」

「ぼくは、兄。妹が殺された。わかる?　事件の3人目」

想定外だった。ワイドショーでみた被害者の女の子は、頬がふっくらして、かわいらしい子だった。まだ中学生ぐらいだろうか。あの子と、この人、血がつながっているんだ……。

「ぼくは、東京で一人暮らししていたんだけどさ、妹、原宿でスカウトされたいとか言って、3日だけ泊まりにきていたんだよ」

「そのときに……」

「なんで、深夜にあいつが外に出たのかわからないけれど、とにかく、外で森下に拉致されたんだろう。東京は危ないから出歩くなって言ったのに」

でも、悪いのは森下だ。という当たり前のことを思う。思ったというそのことに私はひどく恥ずかしくなる。

「仲良かったんですか」

「よくない。あいつ、ぼくの部屋に泊まるのいやがってたし、ぼくもあいつの考えていることはよくわからなかった」

「……」

「でも殺されたのは嫌だね。しかも、犯人は同じアイドルの追っかけだなんて」

「え？」

「森下をぼくも知っているんだよ。地下アイドルの追っかけを、あいつやってて、時々ライブに来ていたんだ。あんな顔のやつが、なんでアイドルなんか追いかけるんだろうとは思っていた」

「……有名なアイドルじゃないんですか？　地下アイドルって……なんですか」

「なんだ、知らないの？」

青山の驚いた顔に、岡山はばかにしたような顔を見せる。

「お前、親友なのに森下が好きな地下アイドルも知らないの？　ほら、最初にこの事件で疑われたアイドルだよ。愛野真実っていう、まあかわいいんだけど、ちょっと遊び過ぎで自滅した」

「……知らないです」

「最初の殺人もどうせ、あれだろう。真実ちゃんの日記を盗み見てやったんだろう」

「日記？」

「ぼく、見たんだよ。森下がライブ中に楽屋に忍び込んだところ。どうせ、真実ちゃんの私物を盗んでたんだろうけど、真実ちゃんさ、日記をいつも持ち歩いていて、それを盗み見たと思うんだ。ぼくもよく見に行っていて……1人目に殺されたやつって、真実ちゃんの元カレなんだよ？」

「……ああ、あいつ」

「なに、知ってるの？」

「いや、塾が一緒だったんですよ」

青山は腕を組み、少し首をかしげた。なにかを思い出そうとしているようだ。

「一応聞くけど、その塾に森下は？」

「1年のときは通ってました。そういえば、痣山高校から来てるって聞いて、森下、話しかけてたなあ。アイドルの彼氏だったんだ。別に普通の顔だったのに」

「じゃあ、それに嫉妬して、森下は殺したってこと？」

私は二人に割り込むように尋ねた。ネットには森下がアイドルの心を手に入れるために黒魔術をやろうとして人を殺したって書いてあったのだ。

「真実ちゃんが元カレを恨んでいたらしいんだ。森下はそれを日記で知って、真実ちゃんの代わりに殺そうと思ったんじゃないか」

「……」

「そんなことにみのりが巻き込まれたんだと思うと、最悪だね」

「おい、渡瀬」

そのとき、青山が私を呼んだ。「さっきさ、あの喫茶店行ったばっかりだし、また戻るのも気まずいから、向こうの神社いかね？」「神社……でも」「いいじゃん」そこは、山城の死体が見つかった所だ。

岡山も青山も、その場所がどういう場所なのか知らないんだろうか。神社の裏にある大木に、山城は死体で見つかった。だから、普通に神社を訪れたら手向けられた花束にも気づかない。私はなんどかそこを訪れたけれど、花はそんなに多くなくて、なんだか腹が立ったし、腹を立てる意味もないのがわかっていた。だからひどく疲れた。考えないほうが楽、だなんてクラスメイトは言っていたし、想像力豊かな子から、学校を休むようになってしまった。

別に良かった。みんながたえちゃんを忘れても。山城を忘れても。森下のことをいなかったことにしても。それは私たちが生き延びるための手段だった。それを悪いことだと非難できる権利は誰にもなかった。仕方がないよね、と誰かが言う。普通に、ご飯を食べておいしい、と笑うこと、悪いことじゃないよね、と誰かに聞きたい。誰かと共犯になりたい。生き延びたこと、生きていること、まだ、幸せになりたいこと。みんなで頷き合って、高校2年生、3年生。青春を生きたかったんだ。青山、は、違っていた。森下の席も、たえちゃんの席も、山城の席も撤去させることに、いの一番で反対して、進級しても3つの空席は残っていた。特に森下の席を残す意義を、誰も理解することができず、青山のどんな弁にも誰も涙を流さなかった。現実を見ろよ、とクラスメイトが言って、青山がその子を殴ったこともある。青山はずっと、クラスの中心にいた。本当にクラスの中心にいたのは森下だけど、誰もが森下の隣にいるのは青山だと思っていたし、だから、青山はクラスの中心人物みたいに、そこにいたのにね。その頃にはとっくに青山に話しかける生徒はいなくなっていた。

わかっている。青山のことも、みんな消そうとしている。だって、自分たちが生き残るため。生き残るには、見てはいけないものがある。それを直視しつづける人を、避けなきゃいけないのは当たり前のこと。そうやって、みんながぐっと肩を縮めて受験勉強をするあいだ、私は、青山を、見ていたんだ。

一番卑怯なのは私だろう。青山は見ていても、森下のことを、忘れようとしていた。たえちゃんのことも、山城のことも。ふと気持ち悪くて吐くことはあるけど、でも、それでも私は友達と笑う時間を作った。クリスマスパーティーにも出席した。友達との誕生日プレゼント交換。そうだ、18歳になって、私は彼女たちと「私たち、親友だよね」なんて言った。それが凄くばかばかしい気もしたけど、人生のうちで今はお祭りの季節みたいなものなんだ、楽しもう、としか思えない。受験はがんばるもので、だから、がんばった。それだけだった。青山がでも、私たちを軽蔑した目で見ていたのに気づいていた。

「山城がね、死んだところだよ？　そこ」

「知っているよ」

呆れたような顔をして、こちらを見た青山。その目に映った情けない顔の私。それを見て、気づいた。青山は平気なんだろう、山城が殺された場所に行ったって、平気なんだろう。だってそれは青山にとってはずっと、当たり前にある事実だったんだ。

「じゃあ、お花買っていこう？　私、行くの久しぶりだし」

私はやっとそう言ったけど、「山城は花なんて好きじゃないだろ」そう青山は呟いて、さっさと歩き出した。

「あいつはなんなの、ちゃんと、ぼくに申し訳ないとか思っているのかね」

岡山がそれを慌てて追いかけながら、ぶつくさと呟く。

「思ってないと思います」

私はそう答えた。

「そんなことありえる？」

「青山は、友達の思い出話をしただけだと思っているんです」

「あんな公の場所でする必要はないだろ」

「それは、そうかもしれないけど……」

「お前は、森下には何もされなかったわけ？」

ふと岡山は私の顔を覗き込むように聞いた。

「え？」

「殺されかけたとか」

「いえ」

「友達は？　全員無事？」

まるで自然と体が裂けていったように、痛みもなく心の中央に穴があいたことに、私はそれからしばらくして気づいた。

警察やマスコミがたむろしていたあの神社も今は、風がうずまく他は静かで、時々草木が鳴く。石の階段を上っていると、岡山がなんどか立ち止まって背中で呼吸をした。私たちは少し待つ。そうして、岡山がまた上り始めるとついていく。背中に、火を背負っているみたいに暑い。

「お前は自分の家族が、森下に殺されていても、同じように答えたの」

そう、岡山が階段を上る。

「わからないです。そんな状況、想像できない」

「不完全でも想像してみろよ、どうなんだよ」

二人は階段を上るたびに、なにかを殴るような勢いで、唾を飛ばして、それでも互いに顔は見合わせず、石ばかりを睨んでいた。

「森下は、本当にお前が取材で答えたような人間だったわけ？」

「いいやつでしたよ。人殺しなところ以外は」

「それはつまり、いいやつに見せかけた異常者ってことだろ。本当にやばいやつってわかりづらいらしいし」

「そんなのだったら、気付きます。ぼくは小学生の時から知っていて……いいやつだと」

「いや、そのころから周りを騙してたってことは、本能でやってたんだろ。つまり、相当、危険ってことだ」

森下のことを話す人なんて、もう長いこと見ていなかった。それは東京に出たからでもなく、この街にもきっといなかったはずだ。青山以外は。そうして、目の前の二人ですら、森下、今どうしているのだろう、なんてことは言わない。森下がどんな人間だったのか、というよりも、どんな人間であることを前提としてぼくらは生きていくべきなのか。

そのことにしか興味がない。

「そんなの、どうだっていいじゃないですか」

私はなんだかばかばかしくて、呟いてしまう。

その瞬間だ、青山が見たこともない顔で、振り返り、私を睨みつけた。「なんだよそれ」途端、彼の足が飛んできた気がして、私は後ろに下がった。足を踏み外したのは私の勝手だ。だって、青山は私を蹴ろうとはしたけれど、思いとどまった。なのに、身体が浮く。心臓が置いてきぼりになって、無邪気に世界に放たれたような気がした。言葉が出ない、その、瞬間、岡山が私の腕をつかんだのだ。「大丈夫？」細いけれどごつごつとした男の手だった。「ありがとうございます」肌がかわいているからか、がさがさとした感触が私の手首にまとわりつく。

「渡瀬、お前さ、どうだっていいって、どういうことだよ」

「……」

「不快にしたのは悪かったよ。でも、俺がこういうこと考えるのもだめなわけ？　それ、おかしくない？」

青山は、冷静だ。私の腕をつかんでいる岡山は黙っている。

「……だって、森下が殺したってことだけじゃん」

たえちゃんが死んじゃった、それは森下のせい。それだけだ。森下の人間レベルの格付けなんて、そんなの私たちのすることじゃない。意味がない。

「でもお前だって、森下に親切にされただろ、なんども」

「うん。森下に親切にされたし、そして森下はたえちゃんを殺した。それだけだよ、青山。森下がいいやつかどうかなんてどうだっていいよ。それをはっきりさせてなんになるの。たとえいいやつだったと結論がでたって、森下は嬉しくないし」

「でも、森下の名誉は守れるだろ」

青山は必死だった。どう考えても森下への愛着だけで、口を開いているように見えなかった。

「どうかな。森下、名誉守りたいならそもそもこんなことしないんじゃない」

「なんだよそれ」

「青山は、自分のために、森下をいいやつだって思いたいんだよ。ただそれだけ。もうやめようよ」

私は、ちょっと笑って、そう言ってしまっていた。蹴られそうになって、なにかがどうでもよくなったのかもしれない。青山、ムカつく、とはじめて思ったかもしれない。はあ? って気分。目の前で青山は怒っているのか悲しんでいるのかわからない顔をする。隣で岡山が頭をかきむしっている。青山が長く息を吸う、音が聞こえた。

それからすぐだ、

「じゃあ、殺人鬼だということにしておけばいいわけ？　無関係な連中まで、森下や森下の妹や森下の親御さんを、さんざん軽蔑して、なぐって、そうされても仕方ないやつだって思えるように？　お前さ、知らないだろ？　東京出たから知らないんだろ？　森下の妹、学校でいじめにあって、声が出なくなってどこかに引っ越した。森下のお母さんは自殺して、親父さんは今でもこの町に住んでいる。窓に石が投げ込まれる、火がつけられた日もある。そういうのにさ、みんな、当たり前だと思っているんだよ。あんな最低な殺人鬼を生んだんだから仕方がないって。みんな、もう、森下を人間だと思っていないんだよ。人でなしだと恐れるのと同じぐらい、人でなしだと見下して、もう、あいつをまともに見ようとするやつはいない。森下が少しでもいいことをしたら、裏があるはずだと思う。今まで優しくされたやつも、俺も殺されていたかも、やべえ、って言ったんだ。もらった鉛筆の代わりに殺されたかもとかさ。なんで、そんなこと言えるわけ？　森下とみんなで遊んだじゃん？　一緒に抹茶パフェ食べたし、あいつがくれた白玉、お前、食べたじゃん。なんでそういうの忘れるの。

あいつ、お前が元気ないって、好きな白玉あげたんだよ。なんで、忘れるの、忘れていいことだと思うの」「忘れてなんていないよ」「でも」「そのことも覚えている。森下が人を殺したことも覚えている。それ以上はわからない」「……」「森下のお父さんに会ったりはしてないの？」「もう長く、会ってない、会えないよ」「妹は？　なついてたじゃん。時々遊んでたって」「会えない。もうだれも事件のことを知らない町に引っ越したらしい。外国かもしれない」「……なんで、連絡しようとしないの」「向こうも、いやがるからだよ」

青山は、静かに目を閉じる。光がまっすぐ降りてきたみたいに、涙が頬に走る。私はそれを見ていた。

「いやがられたの？」

「……もういいだろ」

「そうだね、もういいね」

そう、言ったのは岡山だ。微笑んでいる。そして、私の腕を彼はつかんだままだ。

強く、自分の方にひいた。

「あ、岡山さん……」

「森下とはクラスメイトだった？」

岡山は私の声を無視して、そう尋ねた。私は、泣いていた青山が気になって、彼の方を見ようとしたけれど、急に、岡山の握力が強すぎることに気づく。痛みがある、手首。私が顔をしかめても、岡山は、力を緩めない。なぜか、それが恐ろしくて、おとなしく質問に答えた。

「……修学旅行で同じ班でした。親友は森下のことが好きで、殺される前日につきあい始めたって」

「へえ、殺す為につきあったのかな」

「わかりませ……痛っ！」

腕の力が急に強まった。

見上げると岡山は、笑っていた。人当たりがいい、けれど殺人鬼、なんてことはよくある。って、テレビで私も見たことがあります、岡山さん。

「……あ、あの」

「なに？」

私は、喉にヘドロが急に詰まったみたいに、息苦しく、粘ついた舌を動かして、「腕」と言う。青山は、私のこの痛みに気づいてもいないらしい。いつのまにか涙も拭いて、階段を上っている。

「ああ、ごめん」

岡山は紳士的に手を離した。けれど、手首には赤い痕だ。何事もなかったように、岡山は青山を追いかけ、私には背を向けた。

「それで、親友っていうのは……田江田って人のこと？」

「そうです」

質問は続けるつもりらしかった。

「森下のことが好きだったの？　そいつ」

「みたいですね」

舌打ちが聞こえた。岡山の方向から。「見る目ないね」

「はあ……」

「で、つきあい始めたって、どういうこと？　どっちが告白して？」

「あ、たえちゃんが告白して……」

　階段を上っていくと、次第に風がよく通るようになった。私の髪が揺れて、皮膚にまとわりついた汗が蒸発する。冷たい感触が走り抜けるとまた、気温の中に沈んでいく。けれど、二人ともそんなことには気付かないらしい。私は手首の赤い部分を指でさすった。

「へえ？　森下がなんで受けるの？　それを？　アイドルファンなのに？　しかも真実ちゃんの為に人殺ししている最中に？」

「いや、わかんないです……」

　確かに、そのときからたえちゃんを殺すつもりだったなら、殺す為に告白を受けたとも言えた。

「だとしたら、鬼畜すぎるな。おい、青山さあ、どう思う、これを聞いてさ？」

　岡山はなにがおかしいのか、笑いながらそう青山に尋ねた。「どうって」

「殺すつもりで告白を受けたにしても、告白を受けたあとその子を殺すにしても最低じゃないか」

指を鳴らす、岡山。そしてそれを無表情に聞く青山。

「……そんなの、偶然だったのかもしれないじゃないですか」

「それは無理あるんじゃないかなあ？」

「……でも」

「人を殺したんだよ？　わかってる？　あのさ、お前、なにをかばっているの、殺人犯だよ、森下は。最低なんだよ、それはわかるだろ？」

「やめてください！」

私は、慌てて二人の間に入った。そして、青山の顔を覗き込む。血の気がない。岡山がこの顔を見ていながら無遠慮に追い詰めていたなんて、恐ろしく思うほどに生気がなかった。

「なに」

「とりあえず、上りませんか？」

「でも、こいつにはわからせたいんだよ」

「わからず屋がいたって、いいじゃないですか」

私は、岡山から逃げるように、青山の手を引いて、階段の残りを急いで上った。

階段を上り終えると、質素な神社が目の前に。私たちがお参りをしているあいだ、岡山だけはじっと社を見上げている。

「どうしたんです？」

私が戻ってきたときには、岡山も落ち着いたらしい。息を吐いた。

「ここで人を殺すってどういう気分なんだろう、と思って」

「え？」

「お参りしたのかな、殺す前」

岡山の目が一気に見開かれる。最初に会った、あのときの顔だ。「森下は、真実ちゃんに好かれたくて殺人をしたんだ。彼女の代わりに人を殺す、そしてそれを決して口外しない。全部、彼女に好かれるためだ。それを、お願いしたのかな。ここで。そんな目的なのに、自分のことが好きな奴を殺してしまえるなんて……最低だ。最低だよ。そんな、つまらないことのために、妹が殺されたと思うと腹が立つ……」

「……」

「だから、ぼくは、森下の本性をあばいてやる。自分のことを好きな子を殺したって聞いたら、真実ちゃんもきっとがっかりだろう」

岡山の、気持ちなんて私にはわからない。本人だってわかっていないのかもしれなかった。本当に、彼の言葉には、「真実ちゃん」という名前には、なんの執着も見えなかったのだ。本当に、彼女に森下の本性なんて伝えたいのだろうか。本気には思えない。ただ別の声を搔き消すように、彼はそのアイドルの名前を繰り返す。そして、それをパニックだと言い切ってしまうには、あまりにも私は彼のことを知らない。

青山はどう思っているのだろう。いいや、それ以前に私には、青山の気持ちだってわからない。

ただわかるのは、だれも正しいわけじゃない、間違っているわけじゃない、そんなことはどうだっていいんだと、いうことだけだ。岡山は、細く、長く、息を吸った。

山城が見つかった場所には、もう2年もたつのに、花が手向けられている。岡山はだまったままそこに座り、財布から1枚の写真を目の前に置いた。かわいい女の子が歌っている写真だ。

「それは？」

「真実ちゃん。山城も、彼女のファンだったんだ」

「え？　そうなんですか？」

驚く私たちを見上げ、岡山は呆れたような顔を見せた。

「こいつのこと、お前ら、よく知らないんだ？」

「知りません」

あっさり、青山は答える。「いや、でも、修学旅行は一緒の班だったじゃん」私は慌ててそう言うけれど、それは、山城がここにいる気がするからだろうか。なんで慌てているんだろう。

「班は一緒だったけど、俺はほとんど話してない」

「……私はなんどか話しました」

岡山も、なんでこんなことに興味があるんだろう。

「どんなやつだった？」

「暗いけど、いやなところはなかった」

「……ふうん。よく知らないってことか」

岡山はそう話しながら、そっと手を合わせる。「山城はよくライブで見かけた顔だ。森下と一緒にいることはなかったから、まさか同じ高校だとは思わなかったけど」

岡山は立ち上がり、自分が置いたばかりの写真を見下ろした。真実ちゃん、と呼ばれるアイドル。細い体にピンクの衣装が巻き付いている。

「ま、待って。ということは、森下は好きなアイドルの為に、そのアイドルを好きな仲間でもある山城を殺したってこと？」

「こいつもそれを承諾したんだったりして」

「なにそれ、意味わかんないんですけど」

「ぼくの想像だよ」

ジーンズの膨らんだポケットから黒い手帳を取り出し、岡山は何かを書き付けている。見ると、ゆうちゃん、という名前、高1のとき森下と同じ塾、話しているところを青山が目撃、山城、真実ちゃんのファンで、森下とファン友達？　森下の事件を知っていたのかも？　協力者？　と書かれている。私は考える暇もなく、それを奪い取った。

「なにこれ」

ページをめくると、青山の電話番号や住所、修学旅行で森下と同じ班、私の名前、愛野真実という名前。青山と私の名前にはぐるぐると線がつけられ、「生き残り」と書かれているのが目に付いた。そうだ、私たちは、なぜか、どうしてか、森下に助けられた。見逃された。たえちゃんも山城も同じ班だったのに。

「返せよ」

岡山はすぐにその手帳を取り返す。

「これ……」

「なんだよ、調べまわって気持ち悪い、とでも言いたいのかよ。お前らが、森下が、どんなやつでどんな性格で、どんな毎日を送っていたのか、森下がどれぐらい最低で卑怯で、真実ちゃんの心を手に入れるためならなんだってする俗物か、俺には知る権利があるだろ。っていうかさ、お前らは俺に教える義務があるんだよ、マスコミだとかそんなものに、話す時間があったら、俺にまず電話をしろよ、上っ面の友情なんて演出してんじゃねーよ、お前らの青春は間違ってたんだよ、森下を止められなかったのはお前らが悪いんだ。責任取れよ、正直に話せよ、お前も、そこのお前も！」

「上っ面じゃないですよ」

弱々しくも、はっきりと、青山は答えた。「はあ？　なんだよ、お前」「俺は正直に話したんです」「正直？　あいつがいいやつだって話が、正直な話なわけ？　殺してんだぞ、みのりを。みのりは殺されていいようなやつじゃないぞ。口悪いけど優しいし、おふくろのことを尊敬するいいやつだったんだよ。そうだよ、むしろ……むしろみのりが本当のいいやつってやつだろ、みのりをなんで、殺したんだよ、なんであいつ……死ななきゃいけなかったんだ、かわいそうだよ、みのりがかわいそうだ……」

岡山の声は震えていた。本人だって自分がどうして、震えているのか、涙があふれてくるのか、わかっていないように見えた。血だってあふれ出してきそうな、姿だった。そうしてそれでも、青山は唇を噛み、睨み返している。

「……あんたは、ただ妹を殺されて悲しいだけだろ。俺の言葉は確かにあんたを傷つけたかもしれないけど、嘘つきと言われる筋合いはない。俺は俺で正直にしゃべったんだ。俺の思い出まで否定されるわけにはいかない。あんた、調べまわってるっていうけど、それでさ、その悲しさとか、消えるの。俺みたいなのに出会って、さらにムカつくだけじゃないのか。こっちにはこっちで、守りたいものがあるんだよ。大したものに、見えないだろうけど。命に比べたらしょうもないかもしれないけど。でも、俺らがまともに会話できないことだけは確かだよ」

　もはや、青山と岡山の会話に、まともに耳を傾けることなどできなかった。生き残り。その言葉が目の奥に貼りついていた。私たちは生き残りだ。殺されたっておかしくなかった。森下にとって一番近しいのは青山だったはずだ。私だって森下と過ごした時間は長い。なんだろう、これ。なんだろう。心臓に氷がまぎれこんだみたいに、ひやり、体がこわばる、目から涙が出そうだ。意味もないのに。わからないのに。どうする、このまま泣いてしまったら、きっと青山も岡山も困る。

ふ、と、思い出した。山城が、修学旅行中に一度、こんな顔をしていた。バスで、森下の隣に座って。そうしてどうしてか泣いていた。私は車酔い、だなんてばかげたことを言って、彼の背中をさすったけれど、でも、どうして、泣いたのかは意味がわからなかった。空気が読めないんだな、と思ったけれど、ここで、泣いたことにして囃し立てるほうがずっと意味ないとも思った。なんであのとき、私は山城の気持ちを聞かなかったんだろう。森下は何を言ったんだろう。あいつが、泣かしたのは確実だ。あいつが、ひとを泣かすだなんて見たことがない。どうして。山城は何を知っていたの。森下のことを、私が知っているよりずっと、深く、知っていたんだろうか。

「なんで、山城だったんだろう」

私の口は勝手に、そう動いていた。

「……え？」

「なんで、青山じゃなかったんだろう？」

私はなぜか震えていた。さみしさみたいな震え方で、うそだ、と思った。でも、肌は震える、眉は自然とよっていく。なんで、たえちゃんだったんだろう、私じゃなかったんだろう。なんで、森下は私たちに生きてほしいと思ったのだろう。いいや、殺したいと思わなかったんだろう。わからなかった。森下に分別があったと思えない。あるなら、たえちゃんを殺さない。山城だって殺さない。

青山は、ひどく困った顔をしていた。それから、まるで子どもみたいにうつむき、「わからないよ」という声が聞こえた。「……どうしたの」「俺、アイドル興味ないけど、森下が誘ってくれたら、一緒にライブ行ったよ」「……」「でも、最後まで知らないままだった。逮捕されて、報道で知った。なんで俺じゃないんだろう、って俺、森下が捕まったときに最初に思った。俺、森下にとってたいした存在じゃなかったんだろうか」「……青山？」「俺、森下が逮捕されたのに、人を殺したのに、そのことがずっと頭から離れなかった。森下の親友だって、思っていた自分がばかばかしくて」

でも、もしかしたらさ、森下は青山には生きて欲しかったのかもよ、なんて、私には言えない。そうではないだろう。確信だった。それは、森下がずっといいやつだったから。森下は、青山が一番よく知っている。平等なんだ。だれかを守ろうとなんて思わない、だれかだけを殺そうとも思わない。全員殺したって構わないと思ったから、だれかを殺した。ちょうどそこにいたやつを殺した。そこで差別なんてしない、いいやつなんだとわかっている。

「でも、殺されなくてよかったじゃん」

「……」

青山には意味がないことなんだろうか。森下に選ばれる方が、大事なんだろうか。

小学生の頃、森下のことを青山がリコーダーで殴ったって大騒ぎになったことがある。私が教室を覗き込むと、青山が森下に馬乗りになって、折れたリコーダーの隣で、泣きながら殴っていた。だれもが青山が悪い、と言っていて、理由は理解ができないものだった。「どうしたの、青山君」「なんかねぇ、学習旅行の班分け？　で、一緒になれなかったから怒ってるんだってぇ」

「へえ？」「森下君が、さきになっちゃんたちと組むって約束したらしくてぇ」「女子みたい」「そうなんだよねぇ、ださいよねぇ」女の子たちはそう言って、顔をくしゃっとして笑う。目の前で森下が殴られているのに。青山、殴っていて、森下より優位なのに、誰もが、哀れみの目を向けている。そういうところ、あるんだよね、青山君。なんて、だれかが言っている。金魚のフンっていうんだって、ああいうの。だれかの声。私は、それが嫌だった。森下を殴った青山より、ずっとずっと惨めだと思った。でもそれを叫べなかった時点で私も同類なんだろう。青山にはなれない。「なんでだよ！　一緒に長野いこうよ！」そう叫んでいた青山のこと、私はすごい、って思ったんだ。

「森下に、言いに行ったの？」

私はうなだれた青山に尋ねた。

「面会、受け付けてくれなかった」

そんなところだろうと、私にはわかっていた。

「そっか」

私は、青山の背中をさする。「いつか、言いに行こう。森下、そのうち出てくるんだし、答えてくれるよ」その言葉は、あまりにも無遠慮なものだったとは思う。

「おい」

岡山だ。

「お前」

はい、と言った。

「そのうち出てくるってなんだよ」

いえ、と言った。

「こっちは殺されているんだ、みのり、殺されているんだよ」

あ、はい。

「まだ14歳だったんだよ、お前らよりずっと若い。殺されたんだよ、お前の友達に。それで? そのうち出てくるよ、ってなんだよ。俺は森下に、さっさと自殺してもらいたい、それぐらい悔やんで当たり前だ。そんなもの当然だ、出てきたら俺が殺す、当たり前だ。俺はみのりの兄貴なんだ、当たり前だ。つまんないアイドルへの独占欲のために欲望のために、妹殺しやがって、みのり殺しやがって、死ね、あいつが死ね、なんだよ、それで出てくるって、なんだよ、お前らもさっさと、森下に死ねっていえ、死ねって手紙出せ、死ねって、自殺しろって、紐ぐらい差し入れしてしまえよ、なんだよお前ら、いい加減にしろ、死体の写真もみたことないんだろ、あいつがなにしたか知らないいんだろ。ここになにが広がっていたかも見ていないんだろ。あいつは5人も殺してんだよ。お前らが暮らすこの街に、草の上に、木の下に、殺して放置したんだ。体ちぎって、みのりの服脱がして、肌切り裂いて、骨砕いてばらばらに撒きやがって、あいつ、あいつ！　おまえ、おい！　わかってないんだろ！」

あ、という声が、私からこぼれて、それが落ちていくよりさきに、足が曲がった気がした。だれかが私の背中を支えて、たぶん、これ、青山だ、と思った。「すみません」という声。それから私の額がいままでいちばん、冷たい気がした。すうっ。

血がひく、ってこういうことなんだね。と、夕方、私は青山の隣でつぶやいた。私は、あのあと倒れて、青山は目がさめるまでそばで待っていてくれたらしい。起きた頃には岡山はいなくなっていた。夢の中の住人にも思えたけれど、青山がすぐ「あいつ帰ったよ」と言って、私は青山の肩を借り続けていたことを謝る。「ごめん」

「気にすることないよ」

「いや、でも」

「ちがう、あいつが言ったこと」

でも、あれは正論に思えた。私がただただ間違っていた。

「別に、渡瀬が正しくいる必要なんてないんだよ。そりゃ、あいつの前で言ったのはデリカシーないけど」

「……」

「俺はでも、助かったよ。ありがとう」

青山の顔に、夕日の光がおちて、赤い。火事みたいだ、と思った。ずうっと前にもこんな景色を見た。いつだっただろう。

「青山、笑ったね」

「え?」

「いま、久しぶりに見た」

「そうかな」

正しくある、必要はないよ。だれかが私たちを見ている。だれかに必ず聞こえていく。そして、間違いはだれかを傷つける。なんでだろう、青山にはそう言ってあげたい。それなのに自分には、言えないでいる。とても大事な、差別に思えるね。正しくなくていい。きみだって、そうだ。私は間違ってしまって、だから岡山に怒鳴られた。間違ったせいで、岡山を、ひどく傷つけてしまったんだ。青山、でも、きみが言ってくれた通り、それでも、正しくなくて、いい。私はきみが思うことを、ただ言ってほしい。

「青山は、一人で面会しにいったの？」

「うん」

「だれにも、相談しなかったの」

「森下の話するだけで、みんな嫌がるから」

「……そうだよね」

医療少年院、というところに、いま、森下はいるらしい。そして、親御さんぐらいしか面会が許されていないと青山は言う。「森下の親父さんに会いに行ったけど、やっぱり俺が会うと、いろいろ考えすぎちゃうんだろうな」「……」「申し訳なくって。あの人、森下のことと遺族のこと、考えるので精一杯なんだ。それでも目一杯やってる。だから、俺がわざわざ訪れるのはおかしいと思った」「……」「あと、なんかあのまま俺が話しに行ったら、あのおじさん、死んじゃうと思った。それは森下に悪いから」「……森下、成人したら、状況変わるんじゃないかな」「そうなの？」「少年院からは出るんじゃないかな。普通の刑務所に行くとか。わかんないけど、調べてみる。もしそうなら、また一緒に、面会しにいこう」「ああ、……ありがとう」

青山は笑っている。疲れ果ててそれでも、笑っている。私たち、無意味だった。正しくなかった。ここで、だれも生き返らなくて、岡山を怒らせて、ばかだった。謝りに行かなくちゃ。間違った分だけ、謝らなくちゃ。

「青山さ、やっぱり京大受けるの？」

「うーん、東大受けてほしいなら、受けてもいいよ」

「なにそれ」

私が笑う。青山は、それでも、不快な顔をしなかった。

いつか私が、森下に会えるなら、言うことがあるだろうか。べつに、ないようにも思う。ただ、青山が森下に会おうとする、そのこと。私は好きだと思う。一緒にいたい。そのとき、隣にいたい。そろそろ秋がやってきて、あの事件の季節になる。私はときどき森下の話を青山とするんだろう、そして青山は、受験、がんばるんだろう。きっと。

「あのさ、青山」

「ん？」

「私、高校時代、青山のこと、好きだったじゃん？」

「え？　うん」

青山はこちらを見ずに、鼻をこすった。

「だからね、私は、森下が捕まったとき、青山が生きていてよかったって、思ったんだよ？」

空気に、植物が溶けているみたいだ。

命がのぼっていくような、夏の夜の匂いがした。

あとがき

（これは、「17歳」という季節へのあとがきです。）

教室にいるあいだ、だれもが自分の定位置から聞こえない声で、だれが正しいか、間違っているか、好きなだけ評しあって、都合よく安心ができた。絶対にだれも正しくないし、だれも最高な状況じゃない。完成していない、決定していない、ということは、居心地の悪さとそれから、好きなだけそれを言い訳にして暴れていいのだという保証に見えた。

自分の好きなアーティストを、クラスメイトが知りもしないこと。文学にろくに触れたこともないこと。それから、恋を知らないこと。クラスメイトはいろんな理由で、簡単に他のだれかを軽蔑していた。私だって、だれかを、そしてだれかに、軽蔑されて、それぞれがそれぞれで自分のアイデンティティーを勝ち得ていたんだ。音楽に詳しいわたし、恋を知っているわたし、勉強ができるわたし。学生時代どんな人であったかなんて、結局関係がない。だれもがだれかを見下して、それで安心をしていた。自分は違う、と思うことが、なによりもみんなとの大きな共通点だった。

青春を軽蔑の季節だと、季節だったと、気づけるのはいつだろうか。どこで、それに気づくんだろう。それは愚かさの象徴で、だからこそ、一番に懐かしい。簡単に他人を否定したいね、軽蔑したいね、たかが、「自分に自信をもつ」ためだけに。他人も自分も、ぜんぶ、人間まるごと軽視して生きなきゃ耐えられなかったできそこないの季節。人でなしだって言ってしまえるのは、さみしい大人のやりくちだ。

文庫版あとがき

生きている実感なんてどこにもないのかもしれない。ふと、そんな気がして、立ち止まった日、私の視界の中には同級生がいて、スカートが揺れて、その下で、白い足が駆け巡り、私は、彼女たちを「いきている」と本当の意味で理解できたことなんてないのかもしれない、と思う。愛して、愛して、深く、どこまでも許して、やっとその肉と、血と、骨が、かろうじて繋げていく命の糸を見ることができる。きみは、いきているんだね、と理解することができる。私はそこまで、みんなのこと、好きじゃない。私のことも、みんな、そこまで好きじゃない。そう思ったら急に、悲しくなってしまった。

ずっと、生きているつもりになっていたのかもしれない。でなきゃどうして、傷ついたり傷つけたり、繰り返していたんだろう。仲が良かった友だちのことすら、離れてしばらくすると、いたことすら少しあやふやになる。好きだったミュージシャンが死んだ。死んだらその人の音楽を、今まで以上に大切に聴くようになった気がして、自分が気持ち悪くて怖くなった。失うことでわかる価値なんて、本質ではないはずだ。それでも、失ってやっと、わかることが私にはある。だから私は何も知らないまま、なにもかもを見逃して、おおよそで生きていくしかないのだろう。命のこと、簡単に大切だって言ってしまう自分を、疑う。疑うしかできなかった。

それでも私は私の命を、私の命だけを、いつか、見つけることができる気がしていた。なにがあっても世界は平熱で、死んだ人をかたっぱしから忘れていくような冷たい場所だとしても、私は私の命の住処として、輪郭として、それを捉えることができると、かすかに信じられた。そのために手を伸ばして、ひりつくような感覚に身を置き続ける。生きている、まさしく生きている人、というものを、私は想像できない。

生きるということを、繰り返すあいだ、私は命の上澄みだけを踏んでいる、そんな不安に駆られてしまう。それでも、生きているというそのことを、獲得しようとする、そんな人だけが、現実的であるように思えた。

この物語の彼らの命は、それぞれの体の中で燃えている。決して、そのすべてを他者に晒すことも、そのすべてを理解してもらうこともできないのだろう。世界はどこまでも冷たく、きっとそのことを痛みと捉えることすら、傲慢なんだろう。その、傲慢さを指先に灯して、いつまでも、伸ばしつづけるその人を、私はずっと書いていきたい。

本書は、二〇一五年二月一五日に筑摩書房より刊行された。

沈黙博物館　小川洋子
「形見じゃ」老婆は言った。死の完結を阻止するために形見が盗まれる。死者が残した断片をめぐるやさしくスリリングな物語。（堀江敏幸）

星間商事株式会社社史編纂室　三浦しをん
二九歳「腐女子」川田幸代、社史編纂室所属。恋の行方も友情の行方も五里霧中。仲間と共に「同人誌」を武器に社の秘められた過去に挑む⁉（金田淳子）

通天閣　西加奈子
このしょーもない世の中に、救いようのない人生に、ちょっぴり暖かい灯を点す驚きと感動の物語。第24回織田作之助賞大賞受賞作。（津村記久子）

この話、続けてもいいですか。　西加奈子
ミッキーこと西加奈子の目を通すと世界はワクワク、ドキドキ輝く。いろんな人、出来事、体験がてんこ盛りの豪華エッセイ集！（中島たい子）

水辺にて　梨木香歩
川のにおい、風のそよぎ、木々や生き物の息づかい。カヤックで水辺に漕ぎ出すと見えてくる世界を、物語の予感いっぱいに語るエッセイ。（酒井秀夫）

ピスタチオ　梨木香歩
棚（たな）がアフリカを訪れたのは本当に偶然だったのか。不思議な出来事の連鎖から、水と生命の壮大な物語「ピスタチオ」が生まれる。（管啓次郎）

冠・婚・葬・祭　中島京子
人生の節目に、起こったこと、出会ったひと、考えたこと。冠婚葬祭を切り口に、鮮やかな人生模様が描かれる。第143回直木賞作家の代表作。（瀧井朝世）

図書館の神様　瀬尾まいこ
赴任した高校で思いがけず文芸部顧問になってしまった清（きよ）。そこでの出会いが、その後の人生を変えてゆく。鮮やかな青春小説。（山本幸久）

僕の明日を照らして　瀬尾まいこ
中2の隼太に新しい父が出来た。優しい父はしかしDVする父でもあった。この家族を失いたくない！隼太の闘いと成長の日々を描く。（岩宮恵子）

君は永遠にそいつらより若い　津村記久子
22歳処女。いや「女の童貞」と呼んでほしい――。日常の底に潜むうっすらとした悪意を独特の筆致で描く。第21回太宰治賞受賞作。（松浦理英子）

せどり男爵数奇譚　梶山季之
せどり＝掘り出し物の古書を安く買って高く転売することを業とすること。古書の世界に魅入られた人々を描く傑作ミステリー。（永江朗）

川三部作
泥の河／螢川／道頓堀川　宮本輝
太宰賞「泥の河」、芥川賞「螢川」、そして「道頓堀川」と、川を背景に独自の抒情をこめて創出した、宮本文学の原点をなす三部作。

私小説 from left to right　水村美苗
12歳で渡米し滞在20年目を迎えた「美苗」。アメリカにも溶け込めず、今の日本にも違和感を覚え……。本邦初の横書きバイリンガル小説。

ラピスラズリ　山尾悠子
言葉の海が紡ぎだす、〈冬眠者〉と人形と、春の目覚めの物語。不世出の幻想小説家が20年の沈黙を破り発表した連作長篇。補筆改訂版。（千野帽子）

増補 夢の遠近法　山尾悠子
「誰かが私に言ったのだ／世界は言葉でできていると」。誰も夢見たことのない世界が、ここではじめて言葉になった。新たに二篇を加えた増補決定版。

兄のトランク　宮沢清六
兄・宮沢賢治の生と死をそのかたわらでみつめ、兄の死後も烈しい空襲や散佚から遺稿類を守りぬいてきた実弟が綴る、初のエッセイ集。

真鍋博のプラネタリウム　真鍋博　星新一
名コンビ真鍋博と星新一。二人の最初の作品『おーい でてこーい』他、星作品に描かれた挿絵と小説冒頭をまとめた幻の作品集。（真鍋真）

鬼　譚　夢枕獏 編著
夢枕獏がジャンルにとらわれず、古今の「鬼」にまつわる作品を蒐集した傑作アンソロジー。坂口安吾、手塚治虫、山岸凉子、筒井康隆、馬場あき子、他。

茨木のり子集　言の葉（全3冊）　茨木のり子
しなやかに凛と生きた詩人の歩みの跡を、詩とエッセイで編んだ自選作品集。単行本未収録の作品なども収め、魅力の全貌をコンパクトに纏める。

言葉なんかおぼえるんじゃなかった　田村隆一・語り　長薗安浩・文
戦後詩を切り拓き、常に詩の最前線で活躍し続けた伝説の詩人・田村隆一が若者に向けて送る珠玉のメッセージ。代表的な詩25篇も収録。（穂村弘）

尾崎翠集成（上・下）　尾崎翠　中野翠 編

鮮烈な作品を残し、若き日に音信を絶った謎の作家・尾崎翠。時間と共に新たな輝きを加えてゆくその文学世界を集成する。

クラクラ日記　坂口三千代

戦後文壇を華やかに彩った無頼派の雄・坂口安吾との、嵐のような生活を妻の座から愛と悲しみをもって描く回想記。巻末エッセイ＝松本清張

甘い蜜の部屋　森茉莉

天使の美貌、無意識の媚態。薔薇の蜜で男たちを溺れ死なせていく少女モイラと父親の濃密な愛の部屋。稀有なロマネスク。（矢川澄子）

貧乏サヴァラン　森茉莉　早川暢子 編

オムレット、ボルドオ風茸料理、野菜の牛酪煮……。食いしん坊茉莉は料理自慢。香り豊かな〝茉莉ことば〟で綴られる垂涎の食エッセイ。文庫オリジナル。

ことばの食卓　武田百合子　野中ユリ・画

なにげない日常の光景やキャラメル、枇杷など、食べものに関する昔の記憶と思い出を感性豊かな文章で綴ったエッセイ集。（種村季弘）

遊覧日記　武田百合子　武田花・写真

行きたい所へ行きたい時に、つれづれに出かけてゆく。一人で。または二人で。あちらこちらを遊覧しながら綴ったエッセイ集。（巖谷國士）

わたしは驢馬に乗って下着をうりにゆきたい　鴨居羊子

新聞記者から下着デザイナーへ。斬新で夢のある下着を世に送り出し、下着ブームを巻き起こした女性起業家の悲喜こもごも。（近代ナリコ）

神も仏もありませぬ　佐野洋子

還暦……もう人生おりたかった。でも春のきざしの蕗の薹に感動する自分がいる。意味なく生きても人は幸せなのだ。第3回小林秀雄賞受賞。（長嶋康郎）

問題があります　佐野洋子

中国で迎えた終戦の記憶から極貧の美大生時代、読まずにいられない本の話など。単行本未収録作品を追加した、愛と笑いのエッセイ集。（長嶋有）

老いの楽しみ　沢村貞子

八十歳を過ぎ、女優引退を決めた著者が、日々の思いを綴る。齢にさからわず、「なみ」に、気楽に、と過ごす時間に楽しみを見出す。（山崎洋子）

色を奏でる　志村ふくみ・文　井上隆雄・写真

色と糸と織——それぞれに思いを深めて織り続ける染織家にして人間国宝の著者の、エッセイと鮮かな写真が織りなす豊醇な世界。オールカラー。

遠い朝の本たち　須賀敦子

一人の少女が成長する過程で出会い、愛しんだ文学作品の数々を、記憶に深く残る人びとの想い出とともに描くエッセイ。（末盛千枝子）

性分でんねん　田辺聖子

あわれにもおかしい人生のさまざま、また書物の愉しみのあれこれ。硬軟自在の名手、お聖さんの切口がますます冴えるエッセー。（氷室冴子）

「赤毛のアン」ノート　高柳佐知子

アンの部屋の様子、グリーン・ゲイブルズの自然、アヴォンリーの地図など、アン心酔の著者がカラー絵と文章で紹介。書き下ろしを増補しての文庫化。

おいしいおはなし　高峰秀子編

向田邦子、幸田文、山田風太郎……著名人23人の美味な思い出。文学や芸術にも造詣が深かった往年の大女優・高峰秀子が厳選した珠玉のアンソロジー。

うつくしく、やさしく、おろかなり　杉浦日向子

生きることを楽しもうとしていた江戸人たち。彼らの紡ぎ出した文化にとことん惚れ込んだ著者がその思いの丈を綴った最後のラブレター。（松田哲夫）

るきさん　高野文子

のんびりしていてマイペース、だけどどっかヘンテコな、るきさんの日常生活って？　独特な色使いが光るオールカラー。ポケットに一冊どうぞ。

それなりに生きている　群ようこ

日当たりの良い場所を目指して仲間を蹴落とすカメ、迷子札をつけているネコ、自己管理している犬。文庫化に際し、二篇を追加して贈る動物エッセイ。

玉子ふわふわ　早川茉莉編

国民的な食材の玉子、むきむきで抱きしめたい！　森茉莉、武田百合子、吉田健一、山本精一、宇江佐真理ら37人が綴る玉子にまつわる悲喜こもごも。

なんたってドーナツ　早川茉莉編

貧しかった時代の手作りおやつ、日曜学校で出合った素敵なお菓子、毎朝宿泊客にドーナツを配るホテル、哲学させる穴……。文庫オリジナル。

競売ナンバー49の叫び

トマス・ピンチョン
志村正雄 訳

「謎の巨匠」の暗喩に満ちた迷宮世界。突然、大富豪の遺言管理執行人に指名された主人公エディパの物語。郵便ラッパとは？　（巽孝之）

お菓子の髑髏

レイ・ブラッドベリ
仁賀克雄 訳

若き日のブラッドベリが探偵小説誌に発表した作品のなかから選ばれた15篇。ブラッドベリらしい、ひねりのきいたミステリ短篇集。

ブラウン神父の無心

G・K・チェスタトン
南條竹則／坂本あおい訳

ホームズと並び称される名探偵「ブラウン神父」シリーズを鮮烈な新訳で。「木の葉を隠すなら森のなか」などの警句と逆説に満ちた探偵譚。　（高沢治）

生ける屍

ピーター・ディキンスン
神鳥統夫 訳

独裁者の島に派遣された薬理学者フォックス。秘密警察が跳梁し、魔術が信仰される島で陰謀に巻き込まれ……。幻の小説、復刊。　（岡和田晃／佐野史郎）

コンパス・ローズ

アーシュラ・K・ル＝グウィン
越智道雄 訳

物語は収斂し、四散する。ジャンルを超えた20の短篇が紡ぎだす豊饒な世界。「精神の海」を渡る航海者のための羅針盤。　（石堂藍）

郵便局と蛇

A・E・コッパード
西崎憲 編訳

日常の裏側にひそむ神秘と怪奇を淡々とした筆致で描く、孤高の英国作家の詩情あふれる作品集。新訳一篇を追加し、巻末に訳者による評伝を収録。

氷

アンナ・カヴァン
山田和子 訳

氷が全世界を覆いつくそうとしていた。私は少女の行方を必死に探し求める。恐ろしくも美しい終末のヴィジョンで読者を魅了した伝説的名作。

〝少女神〟第9号

フランチェスカ・リア・ブロック
金原瑞人 訳

少女たちの痛々しさや強さをリアルに描き出し、全米の若者を虜にした最高に刺激的な〈9つの物語〉。大幅に加筆修正して文庫化。　（山崎まどか）

短篇小説日和

西崎憲 編訳

短篇小説は楽しい！　大作家から忘れられたマイナー作家の小品まで、英国らしさ漂う一風変わった傑作を集めました。巻末に短篇小説論考を収録。

怪奇小説日和

西崎憲 編訳

怪奇小説の神髄は短篇にある。ジェイコブズ「失われた船」、エイクマン「列車」など古典的怪談から異色短篇まで18篇を収めたアンソロジー。

ギリシア悲劇（全4巻）
荒々しい神の正義、神意と人間性の調和、人間の激情と心理。三大悲劇詩人（アイスキュロス、ソポクレス、エウリピデス）の全作品を収録する。

シェイクスピア全集（刊行中）
シェイクスピア
松岡和子訳
シェイクスピア劇、待望の新訳刊行！　普遍的な魅力を備えた戯曲を、生き生きとした日本語で。詳細な注、解説、日本での上演年表をつける。

「もの」で読む入門シェイクスピア
松岡和子
シェイクスピア劇に登場する「もの」から、全37作品の意図が克明に見えてくる。「世界で最も親しまれている古典」のやさしい楽しみ方。（安野光雅）

ガルガンチュアとパンタグリュエル（全5巻）
フランソワ・ラブレー
宮下志朗訳
フランス・ルネサンス文学の記念碑的大作。〈知〉の一大転換期の爆発的エネルギーと感動をつたえる画期的新訳。第64回読売文学賞研究・翻訳賞受賞作。

バートン版 千夜一夜物語（全11巻）
大場正史訳
古沢岩美・絵
めくるめく愛と官能に彩られたアラビアの華麗な物語――奇想天外の面白さ、世界最大の奇書の名訳による決定版。鬼才・古沢岩美の甘美な挿絵付。

レ・ミゼラブル（全5巻）
ユゴー
西永良成訳
慈愛あふれる司教との出会いによって心に光を与えられ、ジャン・ヴァルジャンは新しい運命へと旅立つ――叙事詩的な長篇を読みやすい新訳でおくる。

荒涼館（全4巻）
C・ディケンズ
青木雄造他訳
上流社会、政界、官界から底辺の貧民、浮浪者まで巻き込んだ因縁の訴訟事件。小説の面白さをすべて盛り込み壮大なスケールで描いた代表作。（青木雄造）

高慢と偏見（上）
ジェイン・オースティン
中野康司訳
互いの高慢さから偏見を抱いて反発しあう知的な二人がやがて真実の愛にめざめてゆく……絶妙な展開で深い感動をよぶ英国恋愛小説の名作の新訳。

高慢と偏見（下）
ジェイン・オースティン
中野康司訳
互いの高慢からの偏見が解けはじめ、聡明な二人は急速に惹かれあってゆく……。あふれる笑いと絶妙の展開で読者を酔わせる英国恋愛小説の傑作。

分別と多感
ジェイン・オースティン
中野康司訳
冷静な姉エリナーと、情熱的な妹マリアン。好対照をなす姉妹の結婚への道を描くオースティンの永遠の傑作。読みやすくなった新訳で初の文庫化。

誠実な詐欺師　トーベ・ヤンソン　冨原眞弓訳

〈兎屋敷〉に住む、ヤンソンを思わせる老女性作家。彼女に対し、風変わりな娘がめぐらす長いたくらみとは？　傑作長編がほとんど新訳で登場。

火星の笛吹き　レイ・ブラッドベリ　仁賀克雄訳

本邦初訳の処女作「ホラーボッケンのジレンマ」を含む、若きブラッドベリの初期スペース・ファンタジーの傑作20篇を収録。（服部まゆみ）

クマのプーさん　エチケット・ブック　A・A・ミルン　高橋早苗訳

『クマのプーさん』の名場面とともに、プーが教えるマナーとは？　思わず吹き出してしまいそうな可愛らしい教えたっぷりの本。（浅生ハルミン）

ムーミンのふたつの顔　冨原眞弓

児童文学の他に漫画もアニメもあるムーミン。媒体や時期で少しずつ違うその顔を丁寧に分析し、本質に迫る。トリビア情報も満載。（梨木香歩）

ムーミンを読む　冨原眞弓

ムーミンの第一人者が一巻ごとに丁寧に語る、ムーミン物語の魅力！　徐々に明らかになるムーミン一家の過去や仲間たち。ファン必読の入門書。

クラウド・コレクター〈手帖版〉　クラフト・エヴィング商會

得体の知れない機械、奇妙な譜面や小箱、酒の空壜……。不思議な国アゾットへの驚くべき旅行記。単行本版に加筆、イラスト満載の〈手帖版〉。

すぐそこの遠い場所　クラフト・エヴィング商會　坂本真典・写真

遊星オペラ劇場、星屑膏薬、夕方だけに走る小列車、雲母の本……。茫洋とした霧の中にあるような、懐かしい国アゾットの、永遠に未完の事典。

らくだこぶ書房21世紀古書目録　クラフト・エヴィング商會　坂本真典写真

ある日、未来の古書目録が届いた。注文してみると摩訶不思議な本が次々と目の前に現れた。想像力と創造力を駆使した奇書、待望の文庫版。

ないもの、あります　クラフト・エヴィング商會

堪忍袋の緒、舌鼓、大風呂敷……よく耳にするが、一度として現物を見たことがない物たちを取り寄せてお届けする。文庫化にあたり新商品を追加。

百鼠　吉田篤弘

僕らは空の上から物語を始める、神様でも天使でもないけれど。笑いと悲しみをくぐりぬける三つの小さな冒険が、この世ならぬ喜びを届けます。

ちくま文庫

星《ほし》か獣《けもの》になる季節《きせつ》

二〇一八年二月十日　第一刷発行

著　者　最果タヒ（さいはて・たひ）
発行者　山野浩一
発行所　株式会社　筑摩書房
東京都台東区蔵前二―五―三　〒一一一―八七五五
振替〇〇一六〇―八―四一二三
装幀者　安野光雅
印刷所　中央精版印刷株式会社
製本所　中央精版印刷株式会社

乱丁・落丁本の場合は、左記宛にご送付下さい。
送料小社負担でお取り替えいたします。
ご注文・お問い合わせも左記へお願いします。
筑摩書房サービスセンター
埼玉県さいたま市北区櫛引町二―六〇四　〒三三一―八五〇七
電話番号　〇四八―六五一―〇〇五三

ISBN978-4-480-43501-9 C0193